Gord

DROIT AU BUT 3

L'imposteur

Couverture de
Greg Banning

Texte français d'Isabelle Allard

Éditions
■ SCHOLASTIC

Catalogage avant publication de Bibliothèque et Archives Canada

Korman, Gordon
[Face-off phony. Français]
L'imposteur / Gordon Korman; texte français d'Isabelle Allard.
(Droit au but; 3)

Traduction de : The face-off phony.
Pour les 8-12 ans.

ISBN 978-0-545-99527-6

I. Allard, Isabelle II. Titre. III. Titre : Face-off phony. Français.
IV. Collection : Korman, Gordon Droit au but; 3.

PS8571.O78F3214 2007   jC813'.54   C2007-902690-7

Édition publiée par les Éditions Scholastic,
604, rue King Ouest, Toronto (Ontario) M5V 1E1.

5 4 3 2 1   Imprimé au Canada   07 08 09 10 11

Pour Crestview et Hillcrest,
où j'ai découvert le hockey

Chapitre 1

Quand les choses vont mal pour une équipe de hockey, on dirait que c'est la fin du monde.

Prenons les Flammes des Aliments naturels de Mars. À ses débuts, cette équipe était la risée de la ville. Mais elle a réussi à renverser la situation. Après le tournoi des étoiles, elle est devenue l'une des meilleures équipes de la Ligue Droit au but de Bellerive. Puis elle a connu...

— *Une mauvaise passe*, ai-je dicté dans mon magnétophone de poche. Par Clarence « Tamia » Aubin, journaliste sportif de la *Gazette*. Je suis devant la porte du vestiaire des Flammes...

— Écarte-toi, Tamia, a grommelé Jonathan Colin.

Il est entré en me bousculant et a lancé son masque de gardien par terre, d'un air dégoûté. Puis il a enlevé son gant et jeté un regard furieux à la patte de lapin blanche qu'il tenait entre ses doigts.

— Tu es *pourrie*! a-t-il lancé à son porte-bonheur. Et

parce que tu es pourrie, *je* suis pourri!

C'était la deuxième pause du match contre les Vipères du Marché Robert, une équipe qui était bonne dernière dans la ligue. En tant que journaliste sportif, je savais que c'était là l'occasion idéale pour les Flammes de remporter une victoire après trois défaites consécutives. Toutefois, au terme de deux périodes plutôt ennuyantes, le pointage était toujours de 1 à 1.

— On devrait avoir au moins quatre buts d'avance, s'est plaint Cédric Rougeau, capitaine adjoint et meilleur marqueur de la ligue. Qu'est-ce qui m'arrive? On dirait que je patine avec des briques attachées aux pieds!

— Ne passe pas cette porte! a soudain crié Benoît Arsenault.

Marc-Antoine Montpellier s'est aussitôt immobilisé.

— Mais il faut que j'aille aux toilettes!

— La dernière fois qu'on a gagné, c'est Carlos qui est allé aux toilettes en premier après la deuxième période, a répliqué Benoît, furieux. Veux-tu nous porter malchance?

— Dépêche-toi, Carlos, a dit Marc-Antoine d'un ton irrité en se rassoyant. Il faut vraiment que j'y aille.

— Je suis occupé, a marmonné le grand Carlos Torelli en ouvrant son sac de sport, dont il a sorti un énorme bocal rempli de pièces d'un cent.

Il s'est mis à remplir les poches de sa culotte de hockey avec des poignées de pièces de monnaie.

Je l'ai dévisagé.

— Qu'est-ce que tu fais là?

— J'ai besoin de ma pièce chanceuse pour recommencer à marquer des buts, m'a-t-il expliqué.

— Combien de pièces chanceuses as-tu?

— Seulement une, a-t-il répliqué. Mais ma mère l'a mise dans ce bocal, et maintenant je ne sais plus laquelle c'est! Alors, je les ai toutes apportées.

— Eh bien, moi, je vais aux toilettes! a lancé Marc-Antoine d'un air de défi.

— On va *perdre*! a prévenu Benoît.

Marc-Antoine s'est laissé retomber sur le banc.

— Voyons donc, les gars!

Même si c'était pénible, j'ai laissé mon magnétophone en marche. Soyons honnêtes : les causes de l'effondrement d'une équipe sont tout aussi importantes que les raisons de sa cohésion et de sa réussite. Un jour, quand je serai reporter pour *Sports Mag*, cela pourra me servir de sujet pour un article. Qu'est-ce qui explique qu'un joueur patinant à merveille le mercredi oublie comment se tenir debout le samedi suivant? Qu'est-ce qui amène des équipiers loyaux et des amis fidèles à se chamailler comme des chiffonniers? Comment des athlètes raisonnables en arrivent-ils à croire que leur avenir dépend de l'ordre dans lequel les joueurs vont aux toilettes?

— Je sais comment faire tourner la chance, a déclaré sérieusement Jean-Philippe Éthier. Il faut que nos partisans fassent la vague.

Jean-Philippe a souvent des idées insensées. D'habitude, ses coéquipiers sont plutôt compréhensifs.

Mais pas ce jour-là.

— La seule vague qu'il y a ici, c'est la vague de stupidité qui déferle de vos bouches, a prononcé une voix calme.

C'était Alexia Colin, la sœur jumelle de Jonathan. Elle parlait si doucement que nous pouvions voir à quel point elle était en colère.

Alexia est la capitaine des Flammes, et la seule fille de la Ligue Droit au but de Bellerive. Elle exerce une espèce de réglage de volume inversé. Elle baisse le ton dans les moments où n'importe qui se mettrait à crier.

Elle avait autre chose à dire. Avec Alexia, il y a toujours autre chose. Notre capitaine ne mâche pas ses mots.

— Le prochain qui sort un trèfle à quatre feuilles, je le lui fais avaler. Ça me dérange moins de perdre que d'être témoin de ces superstitions ridicules. Arrêtez ça! Et toi, Marc-Antoine, va donc aux toilettes avant d'exploser!

Marc-Antoine est sorti en courant au moment où l'entraîneur Boum Boum Blouin entrait. Tout le monde s'est tu. Si quelqu'un s'y connaît en fiasco, c'est Boum Boum. Notre entraîneur est un ancien joueur de la LNH des années 1970. Je ne voudrais pas le diminuer en aucune façon, mais sa carrière au complet a été une série de fiascos. Il a été un dernier choix de repêchage qui s'est ensuite fait échanger trois fois par saison. Et ça, c'est quand il ne se faisait pas renvoyer dans les ligues mineures. Si vous regardez le mot *fiasco* dans le dictionnaire, vous y trouverez probablement une photo de Boum Boum.

Il est plutôt facile à reconnaître. Avec ses yeux globuleux et son maigre dos courbé, il ressemble à une mante religieuse de 1,80 mètre. Il a le front dégarni, mais ses longs cheveux frisottés sont noués en queue de cheval. Ajoutez à cela un nez de travers et quelques dents manquantes, et vous avez le portrait de l'entraîneur et commanditaire des Flammes.

Mais son allure étrange est doublement compensée par sa gentillesse. Boum Boum est le meilleur. Il n'y a qu'un seul problème à l'avoir comme entraîneur...

— Bon, pas de panique! a-t-il déclaré pour rassurer ses joueurs. La malchance peut arriver à tout le monde. Surtout, ne changez pas votre bidule.

Votre quoi? Votre coiffure? Votre caleçon? Votre attitude? Votre style de jeu?

— Ces gugusses n'ont aucune patente contre une affaire comme la nôtre, avec notre expérience et notre machin.

Vous voyez ce que je veux dire? Notre entraîneur a un langage bien à lui. Quand on le connaît depuis un certain temps, on apprend à décoder ses propos. Par exemple, je crois qu'il venait de dire : « Ces Vipères n'ont aucune chance contre une équipe comme la nôtre, avec notre expérience et notre talent. »

— Vous avez raison, a dit Cédric en lançant son tire-lacets chanceux. Nous allons faire tourner la chance en jouant de notre mieux, pas en nous fiant à des amulettes porte-bonheur!

— La vague nous aiderait bien, pourtant, a fait remarquer Jean-Philippe.

Boum Boum a eu l'air étonné.

— La vague? Comme dans un stade trucmuche?

Jean-Philippe a hoché la tête d'un air enthousiaste.

— N'importe quelle équipe peut remporter la coupe Stanley. Mais qu'est-ce que tous les champions ont en commun? Leurs partisans font la vague!

Pauvre Boum Boum. Raisonner Jean-Philippe peut être aussi pénible qu'un arrachage de dents. Notre entraîneur est un joueur de hockey à la retraite; il n'a pas beaucoup de dents en réserve.

— Heu, Jean-Philippe...

Boum Boum a eu l'air soulagé quand la sonnerie a rappelé les équipes au jeu pour la troisième période.

Chapitre 2

Quelques sifflements se sont mêlés aux acclamations lors du retour des Flammes sur la glace. Un petit malin a crié : « Des Martiens! », ce qui m'a vraiment mis en colère. Vous voyez, nous faisons partie de la Ligue de Bellerive. Même si tous les joueurs de notre équipe fréquentent l'école de Bellerive, nous ne vivons pas dans cette ville. Notre localité, Mars, est située de l'autre côté d'un étroit canal, à trois kilomètres de là. Cédric est le seul joueur des Flammes qui habite Bellerive. Tous les autres sont des Marsois (et non des Martiens!). C'était notre première année au sein de la ligue, et bien des gens de Bellerive pensaient qu'elle se portait beaucoup mieux avant notre arrivée.

Après à peine une minute de jeu, je dictais un nouveau titre dans mon microphone : *La mauvaise passe se poursuit.*

Je ne dis pas que les Flammes jouaient comme une équipe de maternelle. En fait, si on les prenait un par un, les joueurs avaient plutôt fière allure. Cédric est un excellent patineur qui sait manier le bâton, et Alexia se démarque par ses mises en échec. Benoît est le plus rapide et Kevin patine mieux à reculons que la plupart des joueurs vers l'avant. Il est si habile qu'il a un rétroviseur collé à son casque. Il peut ainsi effectuer une attaque entière à reculons tout en voyant où il se dirige.

Mais cette fois, les joueurs semblaient mal synchronisés. C'était comme un orchestre de bons musiciens jouant les notes voulues, mais au mauvais moment. Les passes étaient imprécises et les lancers rataient le filet. Les changements de trio s'effectuaient dans la plus grande confusion, laissant un ou deux joueurs des Flammes face à cinq Vipères. Les jeux de puissance se terminaient en queue de poisson. C'était lamentable.

À quatre minutes de la fin du jeu, les Vipères ont pris l'avance, 2 à 1. Les partisans des Marsois ont poussé une exclamation horrifiée. Ils avaient vu leur équipe favorite essuyer trois revers successifs. Mais nul n'avait imaginé qu'elle pourrait se faire vaincre par la pire équipe de la ligue!

— Ne perdez pas votre machin-truc! a hurlé Boum Boum.

Votre sang-froid.

Mais même cela était hors de portée des Flammes. Alors que les précieuses secondes s'écoulaient, Cédric a écopé d'une pénalité, imité 10 secondes plus tard par Alexia.

J'ai regardé l'horloge, désespéré. Il restait seulement 1 minute 37 secondes de jeu. Seul un miracle permettrait aux Flammes de reprendre du terrain. Le reste de la partie allait se jouer en avantage numérique de deux joueurs pour les Vipères! Et les deux meilleurs joueurs des Flammes étaient sur le banc des punitions.

Mon regard s'est détourné du visage rouge de nos deux capitaines et s'est posé sur les trois héros que l'entraîneur Blouin envoyait sur la glace pour sauver la mise. Jean-Philippe, un ailier, se trouvait au centre. Carlos et Benoît étaient à ses côtés. Ils étaient à peine visibles parmi tous les chandails bleus.

Oh, non! Jean-Philippe venait de perdre la mise au jeu. Il y a eu une mêlée autour de la rondelle. Puis un événement incroyable s'est produit, digne de *Sports Mag*. Un brouhaha à mes côtés a attiré mon attention. Un mulot effrayé et désorienté courait le long des gradins, semant la panique parmi les spectateurs. Les gens criaient et grimpaient sur les bancs pour laisser passer la bestiole effarouchée.

— *Jean-Philippe*! a crié Boum Boum. Ne reste pas là! *Patine*!

J'en étais bouche bée. Au lieu de lutter pour la rondelle, Jean-Philippe restait figé sur la glace, à observer l'agitation de la foule. Bien sûr, il ne pouvait pas voir le mulot. Tout ce qu'il apercevait, c'était des gens qui se levaient et se rassoyaient dans un mouvement d'oscillation tout autour de la patinoire. Comme s'ils faisaient...

— *La vague*! s'est écrié Jean-Philippe dans un élan d'enthousiasme.

Il a foncé si rapidement qu'il a enlevé la rondelle au centre des Vipères sans même avoir à le plaquer. Puis il a filé sur la glace à toute vitesse.

Je l'admets : j'ai lu le nom sur le dos de son chandail pour m'assurer qu'il s'agissait bien de Jean-Philippe. Il volait littéralement, porté par ce qu'il croyait être la vague. Avec la grâce de Wayne Gretzky, il a dansé autour d'un défenseur, a déjoué l'autre d'une feinte magistrale, puis a fondu sur le gardien.

— *Lance*! a hurlé Boum Boum.

Et c'est ce qu'il a fait. Son lancer frappé s'est faufilé entre les jambières du gardien. Égalité : 2 à 2.

C'était la première fois que nous avions quelque chose à célébrer en quatre longs matchs. Les cris et les acclamations étaient quatre fois plus bruyants que la normale. Nous n'avions quand même pas fini de nous ronger les sangs. Les Vipères avaient toujours l'avantage numérique. Mais rappelez-vous que le Marché Robert était destiné à occuper la dernière place. Les Vipères ont gaspillé leurs chances, les secondes se sont égrenées, et nous nous sommes retrouvés en période de prolongation.

Au cours de la période supplémentaire de cinq minutes, Jean-Philippe a passé tout son temps sur le banc, à crier :

— Faites encore la vague! La vague!

Mais les spectateurs, qui n'avaient pas fait la vague la

première fois, ne comprenaient pas ce qu'il voulait. En outre, le mulot avait disparu.

Les Flammes ont eu un regain d'énergie lorsque Cédric et Alexia ont quitté le banc des punitions. Mais chaque rondelle libre semblait rebondir dans la mauvaise direction. Les joueurs n'arrivaient pas à mener une attaque.

Finalement, Kevin a réussi à s'emparer d'un rebond dans la zone des Flammes. Pivotant brusquement, il s'est lancé dans une de ses fameuses attaques à reculons. Kevin est un joueur difficile à défendre, puisque son corps se trouve toujours entre vous et la rondelle. Mais si vous le contournez pour essayer de le harponner, il vous dépasse. Et il est impossible à rattraper avec son incroyable vitesse à reculons. Les bonnes équipes lui font face tant bien que mal. Pour les pauvres joueurs des Vipères, Kevin était un véritable casse-tête qu'ils n'étaient pas près de résoudre.

Il a fait une passe à Alexia, qui s'est dirigée vers la ligne bleue, flanquée de Cédric. Dans une manœuvre bien rodée, les deux attaquants se sont croisés. Alexia a soulevé la rondelle en direction de Cédric, qui a exécuté un lancer frappé percutant. Le gardien a fait un arrêt avec son bâton.

— Saisissez le bidule! a crié Boum Boum.

— Le rebond! ai-je traduit.

Les deux équipes se sont ruées sur la rondelle libre. Le grand Carlos était notre meilleur atout dans les empilages. Il s'est emparé du rebond avec une longueur d'avance sur les autres, mais a trébuché sur le bâton d'Alexia. Il a fait une culbute spectaculaire. Pendant une fraction de seconde, il s'est retrouvé la tête en bas. Des poignées de pièces de un cent totalisant une vingtaine de dollars se sont échappées de sa culotte.

Évidemment, une pièce de monnaie est la dernière chose à laisser tomber sur une patinoire. Après avoir séjourné dans une poche, elle est plus chaude que la glace, à laquelle elle adhère aussitôt.

En un instant, l'action devant le filet s'est transformée en spectacle clownesque, les joueurs des deux équipes trébuchant à qui mieux mieux sur 2000 obstacles minuscules. Pendant que le gardien était affalé sur le dos, Cédric a projeté la rondelle par-dessus lui, directement dans le filet.

— You...

Je n'ai pas pu terminer mon acclamation, car l'arbitre agitait les bras.

— Pas de but! a-t-il déclaré en désignant Carlos d'un air furieux. Le numéro 16 a laissé tomber une poignée de cents sur la glace!

— Mais c'est ma pièce chanceuse! a protesté Carlos.

L'arbitre l'a fixé des yeux.

— *Toutes* ces pièces?

— Calme-toi, Carlos, a lancé Boum Boum du banc. Ramasse tes cossins et terminons la bébelle.

Mais c'était plus facile à dire qu'à faire. Les cossins adhéraient solidement à la glace. Les arbitres ont dû les décoller à l'aide de pelles. Après 15 minutes d'attente, Carlos s'est vu remettre sa collection de pièces de monnaie dans un seau rempli de gadoue.

— Super, a commenté Alexia d'un ton sarcastique. Une barbotine cuivrée!

Carlos a trouvé ce commentaire si drôle qu'il s'est écroulé de rire sur le banc, la tête dans le seau.

Tout ça pour qu'on puisse jouer les 49 secondes restantes et terminer avec un pointage de 2 à 2.

Chapitre 3 ⟦⟦⟦⟦⟦

Je vous dis que j'avais besoin d'une boule magique!

Quand je suis déprimé, c'est la seule chose qui me remonte le moral. C'est d'ailleurs pour cette raison qu'on me surnomme « Tamia ». J'ai la joue gonflée par un gros bonbon dur depuis que je suis tout petit.

Mais c'est terminé. Bilan dentaire : 11 caries. Je n'ai pas mangé de boule magique depuis deux mois, trois semaines, cinq jours, quatorze heures et trente-deux minutes, plus ou moins quelques misérables petites secondes sans sucre.

Pourtant, même une boule volcanique piquante à la cannelle n'aurait pas pu effacer l'humiliation que nous avions subie la veille. Imaginez : les joueurs des Flammes ont dû essayer de se réjouir d'un match nul, obtenu de justesse contre la pire équipe de la ligue! C'est encore pire que perdre! La mauvaise passe n'était pas finie. Elle empirait.

Il y avait de quoi devenir fou. Moins de deux mois auparavant, ces mêmes Flammes avaient battu l'équipe championne du tournoi des étoiles! Une équipe dont chaque joueur figurait parmi les as de sa ligue. À ce moment-là, on aurait dit que chaque rebond se dirigeait vers le bâton approprié, et que même les poteaux de but prenaient pour les Flammes des Aliments naturels de Mars. Et maintenant, les Flammes patinaient comme des empotés. Le moral de l'équipe n'avait jamais été aussi bas.

Et moi? Eh bien, un reporter ne vaut jamais plus que le contenu de ses articles. J'écrivais sur les Flammes en les présentant comme une équipe Cendrillon. Mais il n'y avait rien dans ce conte de fées qui disait que Cendrillon et son prince vivraient malheureux jusqu'à la fin des temps.

C'est pourquoi, le lundi matin, j'étais dans la réserve qui servait de bureau à la Gazette de l'école élémentaire de Bellerive, en train d'utiliser le vieux photocopieur de l'école pour imprimer le dernier numéro du journal. J'avais trouvé l'angle parfait pour secouer les Flammes et les faire sortir de ce terrible marasme.

J'ai pris une copie fraîchement imprimée et je suis allé directement à la section des sports.

LES FLAMMES TOUJOURS DANS LA COURSE!

par Clarence « Tamia » Aubin,
journaliste sportif de la *Gazette*

Bien que les Flammes n'aient remporté aucun de leurs quatre derniers matchs, l'équipe a encore la possibilité d'atteindre les éliminatoires. Croyez-le ou non, si la nouvelle équipe de Mars termine la saison régulière avec trois victoires consécutives, elle pourrait se retrouver en huitième place, rang actuellement occupé par les Aigles, et ainsi accéder aux séries éliminatoires...

— Clarence? a dit Mme Spiro en passant la tête dans l'embrasure de la porte. Que fais-tu ici? La cloche va sonner dans cinq minutes.

— J'imprime le journal, lui ai-je répondu.

— Je pensais que nous le ferions après l'école, a-t-elle dit. Tu es bien pressé!

— Je veux le distribuer *aujourd'hui*, ai-je répliqué. Il faut absolument que les Flammes lisent mon dernier article.

Elle a levé les yeux au ciel, comme elle sait si bien le faire.

— Bon, d'accord. Mais nous avons un cours d'anglais important dans le local d'arts plastiques. Ne sois pas en retard.

— D'accord, madame Spiro.

Heureusement, le photocopieur était rapide. J'ai imprimé les 100 copies habituelles et ajouté quelques exemplaires. Mme Spiro est très stricte pour ce qui est du gaspillage de papier. Puis j'ai déposé une pile de journaux au bureau du directeur et une autre à la cafétéria, avant de me faufiler dans le local d'arts plastiques un millionième de seconde avant la sonnerie.

— La nouvelle *Gazette*! ai-je annoncé en agitant une poignée de feuilles. Fraîchement imprimée!

J'ai commencé à circuler dans les allées pour distribuer le journal.

— Super! a raillé Rémi Fréchette en prenant son exemplaire. Ça tombe bien. Il n'y a plus de papier dans les toilettes.

— Oh, merci! a dit Olivier Vaillancourt, avant de froisser la feuille et de s'en servir pour se moucher.

— Hé, on parle aussi de votre équipe là-dedans! leur ai-je dit.

Aucun journaliste sportif ne peut ignorer les Pingouins électriques, même s'il est parfois tentant de le faire. Au premier rang du classement, ils étaient pratiquement certains de remporter de nouveau les éliminatoires. Ils surpassaient les autres équipes de cent coudées, bien qu'ils aient été encore meilleurs l'année précédente, quand Cédric faisait partie de leur équipe.

— Attends une minute! a dit Rémi en lisant le titre d'un air dégoûté. Toujours dans la course? *Les Martiens*?

— *Vraiment*? a demandé Cédric en se précipitant pour saisir un exemplaire du journal. Tu es certain, Tamia? Je croyais qu'on était éliminés parce qu'on n'avait pas battu les Vipères!

— Mais les Vipères ont ensuite perdu aux mains des Matadors, ai-je expliqué en lui montrant le classement. Alors, on a encore une chance.

Olivier s'est levé d'un bond.

— Les Matadors ont vaincu les Vipères? Impossible! Les Matadors sont pourris!

— Les Matadors ont un nouveau joueur, a déclaré Rémi en claquant des doigts. Il s'appelle Stéphane Soutière.

Comme son oncle est président de la ligue, Rémi a accès à des informations privilégiées. Il a lancé un regard mauvais à Cédric, son ancien coéquipier.

— Fais attention, Rougeau! Ce gars-là doit être bon s'il a permis aux Matadors de gagner un match! Tu peux oublier le titre de joueur le plus utile à son équipe cette année!

Alexia est intervenue avec son truc de volume inversé :

— Je te connais, Fréchette, a-t-elle dit d'un ton calme. Tu as peur de ce Soutière.

— Pas vrai! a protesté Rémi.

Je n'étais pas content. La ligue comptait un nouveau joueur, excellent par surcroît, et personne n'en avait informé le journaliste sportif? J'ai plongé la main dans ma poche pour mettre mon magnétophone en marche.

— Je n'ai jamais entendu parler de ce Soutière, ai-je dit. Est-ce qu'il va à l'école secondaire?

— Oui, à celle du compté, a expliqué Rémi. Il s'est joint aux Matadors quand Louis Buissonneau s'est cassé la jambe.

— Pourquoi ne suis-je pas surprise? a grogné Alexia. Ce gars-là ne vit même pas à Bellerive, et ils le supplient de faire partie des Matadors. Et pourtant, il a fallu 30 ans aux Marsois pour avoir une équipe dans cette ligue minable.

Cédric a haussé les épaules :

— Il y a beaucoup de fermes à l'est de la ville. Elles ont des adresses de Bellerive, mais les enfants qui y vivent vont à l'école du comté. Stéphane habite probablement là-bas.

— Au moins, il vient de la planète Terre, lui! a ajouté méchamment Olivier.

Une autre pique à l'intention des Marsois. Vous pouvez imaginer les blagues d'extraterrestres que nous devons subir.

Mme Spiro est entrée en coup de vent. Nous avons tous regagné nos places.

— Bonjour, tout le monde, nous a-t-elle lancé en souriant. Vous vous demandez probablement pourquoi nous sommes dans le local d'arts plastiques. Eh bien, c'est aujourd'hui que les élèves de sixième année deviennent parents. Vous êtes ici pour créer vos bébés œufs.

Un grognement collectif a jailli, faisant vibrer les fenêtres. Non! Pas des bébés œufs! Mme Spiro avait fait le même coup à ses élèves l'année dernière, et ils disaient tous que c'était la pire chose qui leur soit arrivée. Et maintenant, c'était notre tour.

Tout commençait par une coquille d'œuf évidée. Nous devions la peindre, la baptiser et faire semblant qu'il s'agissait d'un vrai bébé. Il fallait la garder en sécurité. Nous ne pouvions jamais la laisser seule. Si nous devions aller quelque part, nous étions obligés de payer quelqu'un pour s'en occuper. Je n'invente rien! Et le plus ridicule de toute l'histoire, c'est que cette idiotie devait durer deux semaines!

— De plus, a poursuivi Mme Spiro, vous devrez chacun tenir un journal, heure par heure. Vous devrez y noter l'emplacement de votre bébé œuf et le nom de la personne qui en prend soin. Et pas question de refiler cette responsabilité à votre mère, a-t-elle ajouté en souriant. Vous ne pouvez pas vous éloigner de votre bébé œuf plus de trois heures par jour.

Elle a poursuivi d'un air sérieux :

— Certaines leçons ne peuvent pas être évaluées par un A, un B ou un C. Cette expérience vous permettra de comprendre la responsabilité qui incombe aux parents. J'estime que ce projet est le plus important de l'année. N'essayez surtout pas de tourner ça en plaisanterie.

Elle nous a distribué chacun un œuf. Notre première tâche était de l'évider.

Nous devions suivre les étapes une à une. Il fallait d'abord faire un trou à chaque extrémité avec une aiguille, puis souffler pour faire sortir l'intérieur visqueux. Facile.

Le mien s'est cassé. Je suppose que j'avais soufflé trop fort. Alors, pendant que les autres peignaient un visage sur leur œuf, j'ai dû recommencer avec un autre œuf. Il s'est aussi cassé.

Mme Spiro m'a jeté un regard courroucé en me tendant un troisième œuf.

— Clarence, c'est ton bébé! Tu dois y aller plus doucement!

— Il n'est pas né tant que le jaune n'est pas sorti, ai-je

protesté.

J'ai recommencé. Les autres étaient en train de coller des tampons d'ouate dans des boîtes à chaussures pour créer un environnement sécuritaire pour leur bébé œuf.

J'ai été le dernier à terminer. Quand j'ai entendu la cloche de la deuxième période, je me suis empressé de lui dessiner un visage. Mon œuf avait l'air triste. Mais moi, j'avais l'air encore plus déprimé.

J'ai couru à la porte.

— Pas si vite! a ordonné Mme Spiro. Ton bébé œuf est une personne. Il doit avoir un nom.

J'ai jeté un œil dans ma boîte à chaussures. Tout ce qui a une forme arrondie me rappelle mes bonbons durs. Les blancs sont des icebergs à la menthe glacée.

— Il s'appelle Glaçon, ai-je annoncé.

Après m'avoir jeté un regard soupçonneux, elle a noté ce nom dans son cahier.

À 15 h 30, les couloirs de l'école étaient impraticables. Les élèves de sixième année avançaient à pas lents et prudents, leur boîte à chaussures à la main. Il y avait un embouteillage monstre.

Toutes les conversations tournaient autour des noms de bébés : Avril, Jonathan, Léo (d'après l'acteur Leonardo DiCaprio). Alexia avait nommé le sien Amelia (en l'honneur d'Amelia Earhart, la célèbre pilote des années 1930). La plupart des Flammes avaient choisi des noms de joueurs de hockey : Wayne, Mario, Gordie, Eric, Dominic.

Enfin, vous voyez le tableau. Les joueurs des autres équipes avaient fait des choix similaires. Mon œuf était le seul à s'appeler Glaçon.

Donc, nous étions là, avec nos boîtes à chaussures, à essayer de nous frayer un chemin jusqu'à notre autobus. Les enfants de Bellerive l'appelaient *Pathfinder*, d'après la sonde de la NASA qui s'était rendue sur Mars. Une autre blague aux dépens des Marsois.

J'ai compris que quelque chose clochait quand j'ai aperçu l'attroupement d'élèves hilares à notre arrêt d'autobus. Ils se sont écartés pour révéler une grande pancarte :

PREMIÈRE BANQUE NATIONALE DE MARS

À côté de la pancarte se trouvait une grosse bassine remplie de neige sale. Un petit écriteau portait les mots ÉPARGNES MARTIENNES, ainsi qu'une flèche désignant une poignée de cents dans la gadoue. Une pelle étiquetée RETRAITS était enfoncée dans la neige.

J'étais furieux. C'était bien le genre de blague que feraient les idiots de Bellerive : utiliser l'incident des cents de Carlos pour ridiculiser tous les Marsois. J'ai déposé ma boîte par terre, puis j'ai arraché leur pancarte stupide, que j'ai déchirée en morceaux.

— Hé, ne la déchire pas! a protesté Carlos. Je veux l'ajouter à ma collection de blagues!

— Mais c'est une blague à tes dépens! a chuchoté Alexia d'un air furieux.

— Oui, mais elle est bonne! s'est esclaffé Carlos.

Notre ailier est capable de se tordre de rire en lisant l'annuaire téléphonique.

L'autobus est arrivé, et les élèves de Bellerive ont rigolé de plus belle. J'ai compris pourquoi en me retournant. Le pneu avant droit avait roulé sur ma boîte à chaussures. Elle était aussi plate qu'une crêpe.

— Oh! oh! a dit Jean-Philippe. J'espère que ton bébé œuf n'est pas brisé.

Comme si une coquille d'œuf avait la moindre chance de survivre à un autobus de 20 tonnes!

Après avoir ramassé ma boîte, j'ai soulevé ce qui restait du couvercle. Glaçon était réduit en poudre.

Chapitre 4 \\\\\

Mon gros titre avait eu l'effet voulu. Les Marsois étaient estomaqués de voir qu'ils avaient toujours une faible chance de se rendre aux éliminatoires. Cela avait injecté de l'espoir dans leurs veines. De l'espoir et de la détermination. L'équipe a donc décidé d'ajouter des séances d'entraînement pour se sortir du creux où elle stagnait.

Le problème, c'est que nous n'avions pas de temps de jeu au centre communautaire avant jeudi. Il y avait une patinoire extérieure à Mars, mais elle ne servait pas à grand-chose quand la température se réchauffait. En arrivant à la pratique l'après-midi suivant, les Flammes ont constaté que la glace était comme de la soupe.

— Oh, non! a gémi Jonathan. On aurait dû apporter nos maillots de bain!

— Ah! ah! s'est esclaffé Carlos. Je la comprends! C'est parce que la patinoire est pleine d'eau!

— Mais où allons-nous nous entraîner? a demandé Benoît.

Au même moment, le camion du magasin d'aliments naturels est arrivé dans un bruit de ferraille, avec Boum Boum au volant.

— Montez à l'arrière, nous a-t-il dit. J'ai loué des gugusses.

Les gugusses, c'étaient des patins à roues alignées. L'entraînement a donc eu lieu dans le stationnement du magasin d'aliments naturels.

La femme de l'entraîneur s'est proposée pour garder les bébés œufs des joueurs. Rappelez-vous que nous ne devions pas quitter ces trucs débiles, à moins de les confier à quelqu'un.

J'ai décidé de lui remettre ma boîte à chaussures comme les autres. Oui, j'avais créé un nouvel œuf, avec les trous d'aiguille et tout le tralala.

Mme Blouin a froncé les sourcils en lisant le nom sur ma boîte.

— Raisin?

Mme Spiro m'avait suggéré de peindre ce bébé œuf pour lui donner plus de personnalité. La seule couleur disponible était le mauve, exactement comme les méga-bombes aux raisins avec explosions fruitées à l'intérieur.

J'aurais bien voulu expliquer tout ça à Mme Blouin, mais j'ai du mal à m'exprimer en sa présence, comme tous les gars d'ailleurs. Elle est si belle, si époustouflante, si incroyablement superbe... Oubliez ça. On ne peut pas décrire Mme B. avec des mots. Elle est mille fois plus jolie que la plus sensationnelle des mannequins vedettes, même lorsqu'elle a l'air fatiguée, comme c'était le cas durant cette période. Son air pâlot s'expliquait probablement par son inquiétude au sujet des revers de l'équipe.

Avec Raisin entre ses mains compétentes, j'ai pu me consacrer à mon reportage sur l'entraînement. Le jeu n'était pas exactement du niveau de la coupe Stanley. L'allée était en pente et parsemée de nids-de-poule, et personne ne savait comment freiner avec des patins à roues alignées. Les collisions se multipliaient pendant que les Flammes trébuchaient sur des cailloux et des brindilles, franchissaient des ornières et percutaient les bordures de trottoir dans leurs efforts pour attraper la balle. Oui, j'ai bien dit la balle. On ne peut pas se servir d'une rondelle sur l'asphalte.

Ce n'était donc pas tout à fait du hockey. Mais j'ai remarqué une chose tout aussi importante : pour la première fois depuis un mois, les Flammes s'amusaient. Les joueurs riaient, criaient, blaguaient, fanfaronnaient. Carlos effectuait des lancers frappés puissants qui envoyaient la balle droit dans les airs. Cédric mélangeait le hockey et le soccer, et faisait des passes avec son casque. Jean-Philippe avait abandonné son bâton et tournait autour du stationnement en faisant la vague à lui tout seul, avec des effets sonores de foule en délire. Même la raisonnable Alexia, son bâton à la main, faisait la démonstration de ses sauts et pirouettes de patinage artistique.

Boum Boum était impressionné.

— Hé, où as-tu appris ces patentes?

Il a essayé de reproduire son saut de boucle piqué et s'est affalé par terre sur le dos.

— Boum Boum, est-ce que ça va? s'est écriée Mme B. en accourant vers son mari.

— Nos bébés œufs! nous sommes-nous exclamés en chœur.

Nous nous sommes précipités vers le magasin pour surveiller nos boîtes à chaussures.

Comme les gars sont muets devant Mme B., Alexia a expliqué la situation aux Blouin. Même si l'entraîneur se fendait le crâne comme un melon et perdait tout son sang dans les égouts, la gardienne ne devait pas abandonner les œufs, ne serait-ce que pour composer le 9-1-1. Dans l'univers de Mme Spiro, c'était la logique même.

Heureusement, Boum Boum était indemne. Il a même aidé à servir la gugusse (collation) après l'entraînement. C'étaient des tamales au tofu. Nous avons tous suivi la règle secrète des Flammes : personne n'avait le droit de dire aux Blouin à quel point leur nourriture santé était infecte.

— Boum Boum, a dit Cédric avec une expression embarrassée. Je sais qu'on ne s'est pas entraînés sérieusement, aujourd'hui. On a perdu notre temps. Je suis désolé.

Boum Boum a eu l'air surpris.

— Ce truc était juste ce qu'il vous fallait pour vous défouler. La prochaine gugusse, essayez donc de vous amuser. Je vous garantis que vous accumulerez les patentes!

— Victoires, a traduit sa femme.

— Et ça, ça veut dire les éliminatoires, hein, Tamia? a demandé Jonathan.

— C'est un peu compliqué, ai-je répondu. On doit remporter nos matchs, et les Aigles doivent en perdre au moins deux. Mais pas celui contre les Tornades. Cela placerait les Tornades devant nous, selon la formule utilisée en cas d'ex aequo. Et beaucoup d'autres choses doivent se produire, ai-je ajouté en fronçant les sourcils.

— C'est tout de même possible, a insisté Benoît.

L'entraîneur a hoché la tête.

— Mais n'ayez pas trop de bidule.

— D'espoir, a traduit sa femme.

Alexia a tendu un dollar à Mme B.

La femme de l'entraîneur était stupéfaite.

— Pourquoi me donnes-tu cet argent?

— Pour avoir gardé mon bébé œuf, a expliqué Alexia. Le tarif est un dollar de l'heure.

Mme Blouin est restée bouche bée en nous voyant tous sortir notre argent.

— Mais non! a-t-elle protesté en riant. Je ne peux pas accepter!

— Il le faut, a dit Cédric. Et on a besoin d'un reçu pour prouver qu'on a payé.

28

Boum Boum était abasourdi.

— Mais ce ne sont pas des bébés! Ce sont juste des cossins!

— *Vous*, vous le savez, ai-je rétorqué en soupirant. Et *nous*, nous le savons. Mais essayez donc de l'expliquer à Mme Spiro!

Chapitre 5 ||||||

La partie de samedi était la première occasion pour les Flammes de démontrer que leur mauvaise passe était terminée. Les joueurs étaient détendus et confiants. Mais nos adversaires étaient les Étincelles de Ford Fortier. Sans être du niveau des Pingouins, cette équipe occupait le cinquième rang et était déjà assurée d'une place aux éliminatoires. Il s'agissait donc de concurrents solides qui seraient difficiles à battre.

L'entraîneur Blouin a fait un discours d'encouragement prudent. Puis il a claqué des mains en s'écriant :

— Allez, tout le monde sur la gugusse!

Nous l'avons regardé sans bouger.

Finalement, Cédric a pris la parole :

— Où est votre femme?

— Elle ne se sent pas bien aujourd'hui, a répondu Boum Boum. Elle a un trucmuche.

Ne me citez pas, mais je crois qu'il parlait d'un mal de

tête.

— Mais ça veut dire qu'on n'a pas de gardienne! s'est exclamé Jonathan.

Boum Boum a regardé les boîtes à chaussures que nous tenions dans nos mains. À l'exception de Marc-Antoine, qui est en septième année, tout le monde en avait une, moi y compris.

— Personne ne va les voler, a dit l'entraîneur. Laissez-les ici, dans le machin.

— Pas sans gardien, a répliqué Alexia. Je sais que ça semble bizarre, mais ce sont les règlements.

Quand Boum Boum réfléchit, ses yeux de mante religieuse tournent dans leurs orbites. Après quelques tours, ils se sont fixés sur moi.

— Donnez-les à Tamia, a proposé l'entraîneur.

— Oh, non! ai-je dit d'un ton sérieux. Je ne pourrai pas écrire mon article si je dois tenir 11 boîtes.

Nous avons donc trouvé un grand sac que nous avons tapissé de serviettes et dans lequel nous avons déposé délicatement les bébés œufs.

Jean-Philippe avait l'air inquiet.

— Êtes-vous certain que Tamia est assez responsable pour les garder? N'oubliez pas que son premier bébé œuf a été écrasé par un autobus!

— Ce n'était pas ma faute, ai-je marmonné. C'était un tragique accident.

Alexia m'a tendu le sac.

— Ce sac doit rester dans tes bras, a-t-elle dit. Ne le

dépose pas par terre, sinon les œufs pourraient se faire écraser.

— Mais j'ai besoin de mes mains pour mon magnétophone! ai-je protesté. Je dois travailler! Je suis un journaliste!

Sa voix est devenue un murmure :

— Tu seras un homme mort si je suis obligée de vider un autre œuf.

Elle m'a passé les poignées du sac par-dessus la tête, de façon à le suspendre à mon cou.

En suivant l'équipe hors du vestiaire, j'ai aperçu mon reflet dans le miroir. Ma mère a une vieille photo de moi vêtu d'un costume marin. C'est la seule autre fois où j'ai eu l'air aussi ridicule.

Les gradins étaient presque pleins. Je me suis hâté de me rendre à mon siège habituel, derrière le banc de l'équipe. Outre les familles des joueurs, beaucoup de Marsois venaient généralement encourager les Flammes. Après avoir été tenue à l'écart de la ligue aussi longtemps, notre petite ville accordait beaucoup d'importance à son équipe.

Je me suis assis à côté de M. Gauvreau, qui est en quelque sorte un vieil ami. Il est le propriétaire du Paradis des bonbons, le meilleur magasin de bonbons de Mars. J'ai connu certains des plus beaux moments de ma vie dans son magasin, à décider quelle boule magique allait passer les deux prochaines heures dans ma bouche. C'était avant mon rendez-vous chez le dentiste, bien sûr.

— Bonjour, monsieur Gauvreau. Comment vont les affaires?

— Pas mal, a-t-il répondu en haussant les épaules. Même si j'ai perdu mon meilleur client.

M. Gauvreau a le plus gros ventre que j'aie jamais vu. Personnellement, je le soupçonne d'être lui-même son meilleur client.

— Allez, les gars! a-t-il crié d'une voix qui venait directement du ventre.

À la ligne bleue, Alexia lui a jeté un regard foudroyant à travers sa visière.

— Et la fille! s'est-il empressé d'ajouter.

Les Flammes mettaient Jonathan à l'épreuve avec des échappées d'entraînement, lorsque Carlos a soudainement freiné dans un nuage de neige.

— Qu'est-ce qu'il y a? a demandé Jonathan.

— Regarde! s'est exclamé Carlos en désignant la glace à ses pieds.

Juste à l'extérieur de la zone de but se trouvait un cent brillant. Carlos s'est penché pour le ramasser. Mais il était emprisonné sous la surface glacée.

Benoît s'est approché.

— Penses-tu que c'est une de tes pièces?

— Ça lui ressemble, a admis Carlos.

Alexia était dégoûtée.

— Quelle coïncidence! a-t-elle dit d'un ton sarcastique. C'est rond et il est écrit « 1 cent » dessus!

Jonathan s'est penché pour l'examiner.

— Les arbitres n'ont pas dû la remarquer la semaine dernière. Quand la surfaceuse est passée dessus, elle l'a recouverte de glace.

— Ce serait drôle si c'était ta pièce chanceuse, hein? a ajouté Kevin.

Carlos lui a jeté un regard plein d'espoir.

— Crois-tu que c'est possible? Je n'ai reconnu aucune des autres.

Alexia a poussé un grognement.

— Je croyais qu'on avait fait le tour de la question!

Benoît a gratté la glace avec la lame de son patin.

— Au moins, tu n'auras pas besoin de penser à l'apporter, a-t-il dit à Carlos. Elle est ici pour y rester.

Dès la mise au jeu, j'ai pu voir que les Étincelles n'allaient pas se laisser vaincre facilement. Leur équipe ne comprenait pas de vedette comme Cédric, mais elle comptait des patineurs solides à chaque position. L'un des joueurs, un défenseur nommé Renaud Clavel, était le meilleur passeur que j'aie jamais vu.

Quand il sortait de sa zone avec la rondelle, il était évident qu'il savait où se trouvait chacun de ses coéquipiers. Puis, exactement au moment voulu, il envoyait à l'un des avants une passe si délicate et parfaite que la rondelle s'envolait comme un pigeon voyageur jusqu'au bâton du joueur. Ses jeux brillants créaient des situations de deux contre un et maximisaient les chances de marquer un but. Jonathan devait être sur ses gardes pour empêcher les Flammes de prendre du retard dès les premières minutes.

Puis Renaud a exécuté une superbe passe en direction de son ailier gauche. Pour éviter l'échappée, Benoît n'a pas eu d'autre choix que de faire trébucher le joueur au centre de la patinoire. Le bras de l'arbitre s'est levé; les Étincelles avaient un avantage numérique.

Cédric et Alexia sont d'excellents joueurs en infériorité numérique. Toutefois, lorsque Renaud Clavel s'est placé à la ligne bleue pour son jeu de puissance, il ressemblait à un arrière de basket menant une attaque à partir du centre.

Alexia est sortie de sa formation pour le défier. Cette manœuvre audacieuse était une erreur. Renaud a envoyé une passe tout en finesse entre ses patins. La rondelle s'est dirigée tout droit vers le joueur de centre, qui a exécuté un puissant tir frappé en direction du but : 1 à 0 pour les Étincelles.

— *Noooon*! a crié M. Gauvreau.

Je ne savais pas qu'il était un partisan aussi ardent des Flammes.

— C'est le moment ou jamais pour les Flammes, ai-je murmuré dans mon appareil. Sortiront-ils de leur mauvaise passe? Pourront-ils riposter après ce but de l'adversaire?

À côté de moi, M. Gauvreau a hurlé :

— *Allez-y*!

L'aiguille de mon sonomètre a fait un bond.

Levant les yeux, j'ai aperçu Cédric en possession de la rondelle. Il voulait probablement montrer qu'il ne se laisserait surpasser par personne dans cette ligue. Il maniait son bâton si vite que la palette était floue. Sa feinte a si bien déjoué Renaud que ce dernier s'est affalé dans deux directions en même temps. Cédric s'est élancé vers le but, a feinté un tir du poignet, puis, vif comme l'éclair, a ramené la rondelle en arrière pour un coup droit qui est entré dans un coin du filet. C'était un « spécial Rougeau ».

— La mauvaise passe est finie! me suis-je écrié dans mon microphone avant de me lever pour pousser des acclamations avec les autres.

Ma voix n'était sûrement pas assez forte pour enterrer les cris enthousiastes de M. Gauvreau.

— Faites la vague! Faites la vague! a crié Jean-Philippe à la foule.

Personne ne l'écoutait.

L'entraîneur Blouin a laissé ses joueurs en place, mais les Étincelles ont changé de ligne d'attaque. Martin Mercier, le centre du deuxième trio, est arrivé sur la glace.

Cédric s'est mis en position pour la mise au jeu en face de lui. Mais le grand de septième année s'intéressait davantage à Alexia.

— Hé, mam'zelle! Il paraît que tu penses être capable de plaquer?

— Si tu la touches, arrange-toi pour que ce soit légal! a grommelé Cédric.

Je pouvais prévoir la suite. Alexia n'est pas impressionnée par des brutes comme Mercier. Ce qu'elle ne peut pas supporter, c'est quelqu'un qui se bat à sa place.

— Mêle-toi de tes affaires, Rougeau! a-t-elle grogné.

— Mais Alex...

— Je peux me défendre moi-même!

Son réglage de volume était descendu pratiquement à zéro.

Je sentais que ça allait barder. Mercier était un grand gars de septième année avec une attitude agressive. Après la mise au jeu, la rondelle est restée en zone neutre. Alexia l'a finalement saisie près de la ligne rouge. De ma place dans les gradins, j'ai vu Mercier se ruer sur elle.

— Attention! a crié Cédric.

Mais il était trop tard. Mercier, en deux puissantes enjambées, a rejoint Alexia et l'a plaquée contre la baie vitrée. Alexia s'est écroulée sur la glace, le souffle coupé.

Chapitre 6 ╵╵╵╵╵

Boum Boum a sauté par-dessus la bande avant même que l'arbitre donne un coup de sifflet.

— Joueur blessé!

— Je ne suis pas blessée! a sifflé Alexia en tentant de se remettre debout.

— Ne te lève pas! a ordonné Cédric.

Bien sûr, ces mots auraient fait lever Alexia même si quelqu'un avait stationné une voiture sur elle. Pour la force de caractère, nul n'égale l'unique fille de la ligue Droit au but de Bellerive.

Boum Boum l'a regardée d'un air inquiet.

— As-tu besoin d'aide pour te rendre au machin?

— Je ne vais pas au machin. J'ai quelque chose à régler sur la patinoire, a rétorqué Alexia en désignant Mercier d'un coup de menton.

Mais l'entraîneur n'était pas dupe. Il a retiré le trio d'Alexia et envoyé la deuxième ligne d'attaque affronter

Mercier et compagnie.

Il est facile de prendre Boum Boum pour une cruche, à cause de son apparence et de son étrange façon de parler. Mais il est malin. Pour le reste de la période, il a alterné les changements de ligne de manière à ce qu'Alexia et Mercier ne soient jamais ensemble sur la glace.

— Qu'est-ce qui se passe, mam'zelle? criait Mercier chaque fois qu'il passait devant le banc des Flammes. Tu as peur?

Alexia bouillait comme une marmite sur le feu.

Après la première pause, les Étincelles sont revenues en force. Renaud a récolté une première, puis une deuxième mention d'aide, permettant à son équipe de prendre l'avance, 3 à 1.

J'ai cru que les cris de M. Gauvreau allaient faire s'écrouler l'aréna. Les seuls moments où j'avais droit à un peu de silence, c'était quand sa bouche était occupée à engloutir un super contenant de maïs soufflé. Il m'en a offert, mais je ne voulais pas risquer d'échapper du beurre fondu sur les bébés œufs. Qui sait quelle sorte de crime cela aurait été aux yeux de Mme Spiro?

L'offensive des Flammes s'est ramollie. Pendant quelques minutes, j'ai craint que les joueurs ne retombent dans leur apathie. Surtout quand Mercier a reçu une pénalité et que le jeu de puissance des Flammes n'a produit aucun tir au but.

Puis, juste avant la fin de la période, Marc-Antoine a exécuté l'un de ses célèbres « lancers-pelletées », qui a traversé l'amas de défenseurs pour aboutir dans le filet des Étincelles. C'était maintenant 3 à 2 pour Ford Fortier.

Au cours du deuxième entracte, l'entraîneur était surexcité.

— Ça y est! s'est-il exclamé, sa longue queue de cheval hirsute tressautant derrière son crâne dégarni. On les a talonnés toute la partie. Maintenant, c'est le temps de la gugusse!

— De la vague? a demandé Jean-Philippe, plein d'espoir.

— Non, de la *victoire*! a dit Boum Boum. On y est presque! On va les battre!

— Monsieur Blouin, vous devez m'envoyer sur la glace en même temps que Martin Mercier! a insisté Alexia qui ne tenait plus en place.

L'entraîneur a fait mine de ne pas l'entendre.

— Vous êtes la meilleure patente, aujourd'hui, a-t-il dit aux joueurs. Le seul problème, c'est ce Renaud machin-chouette. Il faut qu'on trouve une façon de saboter ses passes.

C'était plus facile à dire qu'à faire. Pendant la troisième période, Renaud a continué d'enfiler l'aiguille pour ses coéquipiers.

— Il est imbattable! a dit Carlos, hors d'haleine. Quand on l'attaque, il envoie une passe directement entre nos jambes!

— Et si on attend, dit Kevin, son rétroviseur embué par son souffle, on lui laisse tout le temps de trouver quelqu'un qui a la voie libre pour marquer.

Le tableau de tirs au but affichait 24 à 9 en faveur des Étincelles.

Puis, de façon totalement accidentelle, Benoît a résolu le mystère que représentait Renaud Clavel. Benoît est le plus rapide patineur des Flammes, mais uniquement lorsqu'il patine vers l'avant. Kevin patine à reculons, alors que Benoît en est incapable. Ils forment un duo défensif parfait, sauf quand ils essaient de changer de rôle.

En voyant Renaud foncer sur lui, Benoît a tenté de faire marche arrière.

— *Noooon*! ont hurlé les joueurs sur le banc des Flammes.

Benoît a perdu l'équilibre au moment où Renaud amorçait sa passe. En tombant sur la glace, Benoît a perdu le contrôle de son bâton, qui a balayé la glace à ses côtés.

Toc!

La rondelle a frappé le bâton, puis a roulé doucement au-delà de la ligne bleue. C'était la première fois de la journée qu'une passe de Renaud ratait sa cible.

J'ai cru que Boum Boum allait défoncer le plafond. Il a bondi sur le banc en criant :

— C'est ça!

— C'est *quoi*? s'est écrié M. Gauvreau en échappant une pluie de maïs soufflé sur mes bébés œufs.

Mais Cédric avait compris. Quand Renaud s'est apprêté à faire une autre passe, Cédric s'est laissé tomber sur un genou devant lui, en plaçant le manche de son bâton à plat sur la glace. La rondelle a percuté l'embout du manche, et Cédric s'en est emparé en une fraction de seconde. Renaud s'est lancé à sa poursuite, mais il s'agissait de Cédric Rougeau. Il était déjà loin.

Encouragé par les acclamations de ses partisans, Cédric a franchi la ligne rouge, filé vers la ligne bleue, puis exécuté un élégant lancer soulevé du poignet qui est passé juste au-dessus du bloqueur du gardien : 3 à 3.

À partir de ce moment, les deux équipes ont mis les bouchées doubles. J'ai enregistré une autre idée de titre : *Le tout pour le tout*! En effet, l'action ne dérougissait pas. Le rythme ne ralentissait même pas.

À mon avis, les Flammes avaient un léger avantage. Une défaite ou même un match nul anéantiraient nos chances d'atteindre les éliminatoires. Mais nous avions aussi un désavantage : Boum Boum gardait toujours Alexia à l'écart de Martin Mercier. Cela signifiait donc qu'il ne pouvait utiliser sa meilleure ailière deux fois de suite.

— Dernière minute de jeu, a annoncé le haut-parleur.

C'était le moment ou jamais. L'entraîneur Blouin a fait ce qu'il avait évité tout au long de la partie. Il a envoyé Alexia par-dessus la bande alors que Mercier était sur la glace.

— Ne fais pas de bidules! lui a-t-il ordonné d'un ton sévère.

Elle lui a souri :

— Promis, monsieur Blouin.

Pendant qu'elle s'éloignait en patinant, je l'ai

distinctement entendue murmurer :

— Je serai trop occupée à faire une patente.

La mise au jeu avait lieu dans la zone des Étincelles, à gauche du gardien. L'arbitre a tenu la rondelle au-dessus des bâtons des deux centres, Cédric et Mercier. Soudain, Cédric a bougé prématurément, frappant le point de mise au jeu.

— Holà! a dit l'arbitre. Pas si vite!

J'étais surpris. Cédric était le plus rapide de la ligue pour les mises au jeu. Il n'avait pas besoin de deviner quand la rondelle tomberait. Il était assez rapide pour attendre le bon moment.

Mais il a encore devancé le mouvement, frappant la palette de Mercier. L'arbitre a donné un coup de sifflet et l'a fait sortir du cercle.

C'est alors que j'ai compris. Cédric ne s'était pas disqualifié par erreur. Il l'avait fait exprès. Il voulait donner la chance à Alexia d'affronter Mercier.

Le menton d'Alexia était tellement pointé vers l'avant qu'il est arrivé au point de mise au jeu avant elle.

— Tu en veux encore? a dit le grand dadais en souriant.

Mise au jeu! L'arbitre a laissé tomber la rondelle et s'est écarté d'un bond.

Mercier s'est concentré sur la rondelle, mais Alexia s'est jetée sur lui.

Crac! Elle lui a donné un coup d'épaule dans la poitrine. Mais Mercier était si grand qu'il n'est pas tombé. Au lieu de cela, il s'est mis à glisser vers l'arrière, la rondelle coincée au creux de son bâton. Alexia a planté ses lames dans la glace pour le pousser de toutes ses forces. Mercier a pris de la vitesse. Il a tenté de se libérer, mais Alexia était sur sa lancée. Souriant devant son expression étonnée, elle l'a repoussé hors du cercle de mise au jeu, au-delà du filet, et...

Bam!

Mercier a frappé la bande et s'est écroulé sur la glace, tout étourdi. Il avait à peine réussi à se remettre sur pied que les deux équipes se sont précipitées sur la rondelle libre.

Crac!

Il s'est fait de nouveau plaquer sur la rampe.

— *Double plaquage*! ai-je crié dans mon micro.

Alexia s'est emparée de la rondelle et l'a envoyée à Jean-Philippe. Ce dernier a exécuté un lancer du poignet en direction du filet, mais la rondelle a rebondi sur la jambière du gardien.

— Rebond! a beuglé M. Gauvreau, la figure rouge tomate.

À ce moment-là, les autres partisans de Mars criaient aussi fort que lui. Enfin, nous retrouvions l'équipe que nous connaissions et admirions. Une attaque massive et des mises en échec magistrales! Les Flammes n'avaient pas si bien joué depuis un mois! J'ai jeté un coup d'œil au cadran. Plus que 20 secondes!

Le gardien des Étincelles a plongé sur le rebond, mais Cédric a dégagé la rondelle avec son bâton. Renaud s'en est emparé le premier et a fait une passe de dégagement. Mais Kevin est soudain apparu à reculons et a bloqué la passe avec son corps avant qu'elle puisse traverser la ligne bleue.

— *Laaaance*! ont hurlé Boum Boum, M. Gauvreau et une centaine de personnes, moi y compris.

À cinq secondes de la fin du jeu, Kevin a fait un lancer frappé cinglant à partir de la pointe.

— Raté! ai-je dit, horrifié.

Le tir allait manquer le but d'au moins 30 cm.

Soudain, Alexia s'est libérée de son couvreur et a avancé son bâton dans la trajectoire de la rondelle, qui a dévié sur la lame, pour ensuite passer à côté du gardien et poursuivre sa course jusqu'au fond du filet. Résultat final : 4 à 3 pour les Flammes.

Le centre communautaire a tremblé quand les partisans des Flammes se sont levés en hurlant.

— *Une déviation parfaite*! ai-je crié dans mon micro au beau milieu des acclamations.

Le banc des Flammes s'est vidé. M. Gauvreau a lancé le reste de son maïs soufflé dans les airs. Puis il a tourné son énorme ventre vers moi et m'a serré contre lui.

Cra-a-a-ac!

Zut! Les œufs.

Quel froussard! Je n'ai pas eu le courage d'inspecter le contenu du sac. J'ai attendu que toute l'équipe soit rassemblée autour de moi dans le vestiaire avant de l'ouvrir.

— Quels sont les dommages? ai-je demandé en regardant ailleurs.

Le chœur de grognements qui m'est parvenu m'a donné la réponse. J'ai risqué un regard prudent. Les œufs étaient réduits en poudre.

— Hé, a dit Boum Boum. Qui a brisé vos cossins?

— Le journaliste sportif, a répondu Alexia, furieuse.

— Ce n'est pas ma faute, ai-je protesté. C'est M. Gauvreau!

— Attends une minute, a dit Cédric en plongeant la main dans le sac.

Il a fouillé parmi les miettes de coquilles et a sorti un bébé œuf intact. Il était vert vif, avec des lunettes, une barbiche et un grand sourire.

— *Wendell*! s'est écrié joyeusement Jean-Philippe en caressant le bébé œuf avec son gant de hockey. Je pensais que tu étais en miettes!

— Merci, Tamia! a dit Kevin d'un ton sarcastique.

— Ouais, bravo, Einstein! a ajouté Jonathan.

— Oublie le gardiennage et continue dans le journalisme! s'est exclamé Benoît.

— Allons, les gars, ai-je supplié. Le mien aussi a été écrasé.

— Mais le tien meurt tout le temps, m'a rappelé Carlos. Pour nous, c'est une nouvelle expérience.

— Assez de cette patente négative, est intervenu Boum Boum. Je vais vous attendre au gugusse.

Il s'est dirigé vers le camion de livraison, qui sert d'autobus à l'équipe, les jours de match.

Cédric vit à Bellerive, près du centre communautaire. Il est donc le seul à rentrer à pied. Il a jeté son sac de sport sur son épaule.

— Belle partie, tout le monde! À lundi! a-t-il lancé.

Il avait presque franchi la porte quand Alexia l'a arrêté :

— Pas si vite, la vedette.

J'ai tout de suite compris le problème. En la laissant faire la mise au jeu contre Mercier, Cédric avait accordé une *faveur* à Alexia. Notre capitaine est bizarre pour ce genre de truc.

Cédric a laissé tomber son sac avec un grognement.

— D'accord, je l'avoue. J'ai fait exprès de me faire sortir du cercle de mise au jeu. Je voulais que tu aies la chance de rendre la pareille à Mercier. Excuse-moi. Je ne le ferai plus.

Alexia a levé les yeux au ciel.

— Arrête ça, Rougeau. Je voulais juste te remercier.

Puis elle a ramassé son propre sac et est sortie du vestiaire.

Stupéfait, Cédric s'est tourné vers Jonathan :

— Est-ce que je me trompe, ou ai-je enfin la bonne approche avec ta sœur?

Jonathan a haussé les épaules.

— Je vis avec Alex depuis 12 ans. Crois-moi, il n'y a pas de bonne approche.

Chapitre 7 ||||||

Mme Spiro n'était pas contente en apprenant ce qui était arrivé à nos bébés œufs. Toute l'équipe, à l'exception de Jean-Philippe, a dû rester après l'école... dans le local d'arts plastiques, vous l'aurez deviné. Pendant que nous soufflions le contenu de nos coquilles sur des essuie-tout, Mme Spiro nous a fait un sermon sur « la nécessité de prendre ce projet plus au sérieux ».

Personnellement, je ne crois pas que les véritables bébés sont aussi fragiles que des coquilles d'œufs. S'ils l'étaient, très peu de gens survivraient. Mme Spiro n'a probablement jamais pensé à ça.

Les résultats des parties de hockey de la fin de semaine étaient sur toutes les lèvres. La grande nouvelle, c'était que les Matadors avaient encore gagné. Ils avaient vaincu les Panthères 6 à 0 la veille, un résultat renversant. Le nouveau, Stéphane Soutière, avait marqué quatre buts et obtenu deux mentions d'aide.

Alexia a mis la dernière touche au casque spatial de son nouveau bébé œuf, appelé Julie en l'honneur de l'astronaute Julie Payette. Elle a regardé Cédric avec un sourire radieux.

— Serait-il possible qu'il y ait une nouvelle vedette en ville?

Alexia adore taquiner Cédric.

Son capitaine-adjoint n'a pas mordu à l'hameçon.

— C'est grâce à des gars comme Soutière que les gens s'intéressent au hockey junior, a-t-il répondu sérieusement. S'il a autant de talent qu'on le dit, sa présence aura une influence positive sur la ligue.

— Ce ne sera pas positif pour les gardiens, a dit Jonathan en plaçant Dominic II dans sa boîte à chaussures. Et si c'était moi qui lui permettais de marquer 50 buts en une saison?

— C'est ce qu'on va voir, a répliqué sa sœur. On joue le dernier match de la saison contre eux.

Ce n'était pas assez tôt pour moi. Le journaliste sportif de la *Gazette* n'allait sûrement pas attendre la fin de la saison pour observer le plus important sujet d'article de la ligue!

Voilà pourquoi je me hâtais de vider mon œuf. Les Matadors étaient en train de s'entraîner au centre communautaire. C'était l'occasion idéale d'aller voir jouer Soutière, et même de l'interviewer.

— Ne souffle pas trop fort, Clarence, m'a averti Mme Spiro. Tu vas la blesser!

— La blesser? ai-je répété.

— Peut-être que tu feras plus attention si ton bébé est une fille, a-t-elle expliqué.

— Bonne idée, madame Spiro. (Horrible idée, madame Spiro.)

J'ai tendu la main vers la peinture rose, question de faire plus féminin. J'ai légèrement barbouillé le visage de mon œuf, mais tant pis. C'était ça, ou bien ma « fille » aurait deux nez. C'est que j'étais pressé, moi!

— Bien, Clarence, a dit Mme Spiro en soupirant. Comment s'appelle-t-elle?

Eh bien, comment aurais-je pu regarder un objet rond et rose sans rêver aux ultrarachides, les bonbons les plus délicieux jamais inventés? Ils goûtent vraiment le sandwich au beurre d'arachides et à la confiture!

— Elle s'appelle Arachide, ai-je répondu.

— Arachide? a-t-elle répété. Quel drôle de nom pour une fille!

Mais je courais déjà dans le couloir, ma boîte à chaussures coincée sous le bras comme un ballon de football.

Je suis arrivé au centre communautaire juste à temps pour assister aux 10 dernières minutes de l'entraînement des Matadors.

— Entraînement de Stéphane Soutière, 7 mars, ai-je dicté dans mon appareil. Stéphane est le numéro...

Il m'a fallu un millionième de seconde pour le trouver : le numéro 12. Il n'était pas plus costaud que les autres joueurs. En fait, il était plutôt maigre. Mais il avait un *je-ne-sais-quoi*. Appelons ça une posture parfaite. Les genoux fléchis, le buste incliné, exactement comme les vedettes de la LNH. Toute son équipe tentait de le mettre en échec, mais nul n'arrivait à le séparer de la rondelle.

— Il se déplace comme si ses patins étaient une extension de ses jambes, ai-je enregistré.

Je l'ai regardé déjouer cinq joueurs et marquer un but. Son lancer était un véritable projectile d'arme à feu : précis et meurtrier. Il était plus percutant et rapide que les tirs de Cédric. Bien que je déteste l'admettre, Stéphane Soutière était meilleur que Cédric sur tous les plans.

Tu parles d'une nouvelle! C'était encore plus gros que la fois où Cédric avait été chassé des Pingouins et envoyé chez les Flammes.

J'ai rôdé près de la porte du vestiaire après l'entraînement, en répétant les questions que j'allais poser à Soutière. Des détails techniques sur son style, les joueurs de la LNH qu'il admirait, ce genre de chose.

La porte s'est ouverte et Nico Guèvremont, le capitaine des Matadors, est sorti. En apercevant ma boîte à chaussures, il a éclaté de rire.

— Arachide? Hé, Tamia, est-ce que c'est ton bébé ou ta collation?

Nico est un bon gars. Il adore faire le clown. Comme il est en septième année, l'étape des bébés œufs est derrière lui, le chanceux!

— Est-ce que Stéphane Soutière va bientôt sortir? lui ai-je demandé.

— Pourquoi veux-tu le savoir? a-t-il rétorqué d'un air soupçonneux.

— Je veux faire une entrevue avec lui, ai-je dit en haussant les épaules.

— Ne dérange pas Stéphane, a-t-il dit d'un ton désinvolte. Je peux te dire tout ce que tu veux savoir.

— D'accord, je suppose que je peux commencer avec toi, ai-je accepté à contrecœur en mettant mon magnétophone en marche. Depuis combien de temps joue-t-il au hockey?

— Depuis toujours, a répondu Nico. Très longtemps. Heu, pas si longtemps que ça, s'est-il repris. Juste… un bout de temps.

Vous connaissez le sixième sens de Spiderman, son « sens d'araignée »? Eh bien, j'ai le même don. Pas un sens d'araignée, bien entendu, mais un sixième sens de journaliste. Dès qu'une grande nouvelle se dissimule quelque part, mes antennes de journaliste frétillent. Et à ce moment-là, je les sentais vibrer comme mes dents sous une fraise de dentiste.

Les autres joueurs des Matadors sont sortis. Chacun avait un détail à ajouter pour mon entrevue. J'ai bientôt été entouré de sept ou huit gars qui prétendaient savoir qui était le joueur préféré de Stéphane.

— Mark Messier.

— Jaromir Jagr.

— Wayne Gretzky.

— Joe Sakic.

Quatre Matadors m'ont donné quatre noms différents.

J'ai froncé les sourcils.

— Dites donc, c'est lequel?

Ils ont recommencé. Cette fois, ils m'ont donné quatre *autres* noms.

— Et si je demandais à Stéphane? ai-je proposé. Il devrait sortir bientôt.

Ils ont tous protesté qu'il ne fallait pas le déranger. Et pourquoi donc? Était-il en train de faire une opération à cœur ouvert?

J'ai éteint mon appareil.

— Je vais l'attendre.

Ils m'ont finalement laissé tranquille. Mais ils se sont rassemblés à côté du casse-croûte. Je voyais bien qu'ils me surveillaient.

Parfois, être un journaliste demande beaucoup de patience. Il a fallu 20 minutes à Stéphane pour sortir.

Il avait des cheveux blonds et la peau claire. Ses yeux étaient brun clair et son regard, perçant. Je n'avais pas encore ouvert la bouche que j'avais l'impression de lui faire perdre son temps précieux.

J'ai appuyé sur le bouton de l'appareil.

— Bonjour, Stéphane. Pourrais-tu répondre à quelques questions pour la *Gazette*?

Il a plissé les yeux.

— Pour la quoi?

Il parlait vite, pour un enfant de fermier. Il me rappelait

ces officiers de police qu'on voit à la télé.

— La *Gazette* de l'école élémentaire de Bellerive, ai-je expliqué. Je suis le journaliste sportif de l'école, Tamia Aubin.

— Tamia, quel nom bizarre!

Je lui ai montré mon visage de tamia, en gonflant ma joue avec ma langue.

— J'ai déjà eu un problème de bonbon dur.

— Ah oui? Eh bien, moi, j'ai un problème d'entrevue, m'a-t-il dit. Je suis très timide, tu sais. Ne le prends pas mal!

Puis il m'a tourné le dos et s'est éloigné. Certains athlètes ont des relations houleuses avec la presse.

Je l'ai regardé aborder ses coéquipiers près du casse-croûte. Il riait en leur frappant dans la main. Timide, hein? Il avait l'air aussi timide qu'un requin tigre.

— Il cache quelque chose, ai-je chuchoté dans mon micro.

Je me suis rapproché furtivement. Les Matadors se disputaient pour savoir qui offrirait un chocolat chaud à Stéphane. J'ai regardé les sacs de sport à leurs pieds. Celui de Soutière était rouge.

Écoutez, je ne suis pas un fouineur. Mais quand on est journaliste, on doit remarquer toutes sortes de trucs. Des détails qui intéresserait un détective, des indices, comme un *sac de sport rouge entrouvert*...

Ma boîte à chaussures sous le bras, je me suis faufilé dans le groupe pour me rapprocher de Soutière. Quand il a tourné la tête, je me suis baissé et ai déposé Arachide par terre, derrière moi. En faisant semblant de rattacher mon soulier d'une main, j'ai fouillé dans son sac de l'autre main.

— Encore toi?

Des mains m'ont saisi brutalement par le collet et m'ont remis sur mes pieds. Je me suis retrouvé face à face avec le visage furibond de Stéphane Soutière. Pour un gars de taille moyenne, il était fort comme un bœuf.

— Le jeune, a-t-il grondé, quand je dis que je ne veux pas d'entrevue, c'est que je n'en veux pas!

— Mais... ai-je balbutié.

— Sors d'ici! a-t-il dit en me poussant.

Propulsé vers l'arrière, j'ai trébuché sur ma boîte à chaussures. Mon pied a défoncé le couvercle.

Crac!

Oh, non!

J'ai jeté un coup d'œil à l'intérieur. Le fait d'être une fille n'avait pas aidé Arachide. Elle était réduite à une vingtaine de morceaux roses.

Mais j'avais le cœur léger. Un autre œuf brisé était un faible prix à payer pour résoudre le mystère de l'énigmatique Stéphane Soutière.

Chapitre 8 ▌▌▌▌▌

Le mardi, comme la température avait chuté de 30 degrés, les Flammes ont pu s'entraîner sur la patinoire extérieure de Mars, après l'école. Et devinez ce qui m'est arrivé? Je suis resté en retenue pour vider un autre bébé œuf, que j'ai baptisé Goyave (d'après les brise-bouche à la goyave). Et ça, le jour même où j'avais la nouvelle du siècle à annoncer!

Cela m'a pris un temps fou. J'ai manqué l'autobus scolaire et j'ai dû attendre l'autobus de la ville pour rentrer à Mars. En descendant à mon arrêt, j'ai couru jusqu'à la patinoire. Quand j'y suis arrivé, j'étais si essoufflé que les joueurs ont cru que j'étais victime d'une crise cardiaque.

Cédric m'a tapé dans le dos.

— Calme-toi, Tamia. Peux-tu respirer?

J'ai hoché la tête, puis j'ai tenté de raconter mon histoire, mais tout ce qui sortait de ma bouche était une série de sifflements douloureux.

— Veux-tu aller à l'hôpital? a demandé Carlos.

J'ai secoué la tête en aspirant l'air à grandes goulées, et j'ai réussi à dire :

— *Stéphane Soutière est trop vieux pour la Ligue Droit au but de Bellerive!*

Les joueurs étaient muets de stupéfaction. Finalement, Cédric a pris la parole :

— L'entraîneur Wong est avec les Matadors depuis avant notre naissance! Il n'est pas du genre à tricher!

— Peut-être que l'entraîneur Wong n'est pas au courant! ai-je répliqué, toujours hors d'haleine.

— C'est impossible, a dit Jean-Philippe.

— Stéphane est un joueur de remplacement, ai-je insisté. Lorsque Louis Buissonneau s'est blessé, ils ont probablement appelé le prochain joueur sur la liste d'attente. Peut-être que personne n'a vérifié son âge.

Jonathan a levé un sourcil :

— Personne ne connaît vraiment Stéphane Soutière parce qu'il va à l'école secondaire du comté. Il est peut-être en huitième année.

— Il y a des classes de neuvième année dans cette école, ai-je ajouté. Certains élèves ont 15 ou 16 ans.

— Vous n'oubliez pas quelque chose? est intervenue la voix calme de la capitaine des Flammes. Tamia, comment sais-tu que Stéphane Soutière est trop vieux?

— Les journalistes ont des moyens d'obtenir de l'information, ai-je répondu d'un air mystérieux.

Comme ils n'avaient pas l'air impressionnés, j'ai lâché

le morceau :

— J'ai fouillé dans son sac de sport. Savez-vous ce qu'il y avait, là-dedans? De la crème à raser!

— Aaah, Tamia! a grogné Cédric. Ça ne veut rien dire!

— Mais bien sûr que oui! me suis-je écrié. Qui d'entre vous se rase?

— Personne, a admis Jonathan. Mais certains gars de septième année, oui.

— Marc-Antoine se rase une fois par semaine, a confirmé Jean-Philippe. Et Xavier Giroux, des Vaillants, se rase presque chaque jour. Il y a aussi le gardien des Vipères! C'est le gars le plus poilu que je connaisse!

— Et si Stéphane Soutière n'utilisait pas cette crème pour se raser? a suggéré Carlos. Peut-être qu'il voulait faire une blague à quelqu'un, en mettant de la crème à raser dans son casier, ses souliers ou son short de gym! Ça, ce serait drôle!

Carlos est le seul gars du monde à se bidonner à cause d'une situation hypothétique.

— Vous ne connaissez rien au journalisme! ai-je protesté, déçu. C'est une grosse nouvelle! Le meilleur joueur de la ligue n'est pas admissible!

— Si ce que tu dis est vrai, a répliqué Jonathan.

— Mais c'est vrai! Il n'y a aucun doute! Sinon, comment pourrait-il être meilleur que tout le monde?

— Parce qu'il a du talent? a proposé Cédric.

— Wayne Gretzky n'était pas si bon que ça à notre âge, ai-je insisté. Faites-moi confiance. C'est une nouvelle sensationelle.

— Ce n'en sera une que lorsque tu auras des preuves, m'a rappelé Alexia. Tu as seulement un contenant de crème à raser. Tu n'as pas vu de rasoir, n'est-ce pas?

— Ça ne veut pas dire qu'il n'y en avait pas, ai-je souligné. Je n'ai eu accès à son sac que quelques secondes.

— C'est délicat, Tamia, a dit Cédric en secouant la tête. Beaucoup de gens croient que Mars ne devrait pas avoir d'équipe dans la Ligue Droit au but. Si on accuse Stéphane Soutière et qu'on se trompe, ils vont nous traiter de fauteurs de troubles. Ils pourraient même saisir ce prétexte pour nous exclure de la ligue l'année prochaine.

— Je sais quoi faire, ai-je annoncé. Dans mon prochain article de la *Gazette*, je vais simplement insinuer que Stéphane Soutière est trop vieux. Quand M. Fréchette le lira, il pourra faire une enquête.

— La *Gazette* est publiée une fois par mois, a dit Alexia. Le prochain numéro ne sortira pas avant les éliminatoires. La saison régulière sera terminée.

J'ai compté les semaines dans ma tête. Elle avait raison. Avec cette nouvelle, Soutière se ferait mettre dehors. Mais à ce moment-là, il serait déjà dehors. Tout le monde le serait, à l'exception des équipes des éliminatoires.

J'ai rejeté la tête en arrière en poussant un cri de frustration.

— C'est révoltant! Si je travaillais pour RDS, je pourrais annoncer cette nouvelle en primeur au monde entier!

Tous les joueurs se sont moqués de moi. Évidemment,

ils pensaient que j'imaginais tout ça. Qu'est-ce qui est pire qu'une nouvelle impossible à utiliser? C'est quand personne ne vous croit!

Cédric a mis son bras sur mes épaules.

— Si tu travaillais pour RDS, nous serions dans la LNH, pas en train de nous geler les fesses sur une patinoire extérieure!

— Et nos partisans feraient la vague! a renchéri Jean-Philippe.

— Il fait froid, ici, a dit Jonathan en grelottant, avant de faire signe à Boum Boum avec son bâton. Monsieur Blouin? Est-ce que je peux aller dans la cabane?

— Bonne idée, a dit Boum Boum. Ça te donnera la chance de te réchauffer pendant quelques gugusses.

La cabane est le seul espace intérieur de la patinoire de Mars. Ce n'est qu'une petite hutte à côté de la glace. Mais elle est pourvue d'un poêle ventru qui est une bénédiction, les jours de grand froid. Mme Blouin y était justement, en train de surveiller la pile de boîtes à chaussures.

J'ai tendu Goyave à Jonathan.

— Puisque tu vas à la garderie, pourrais-tu y apporter mon œuf?

— D'accord, Tamia. Qu'est-ce que c'est? Une cabane d'oiseau? a-t-il demandé en apercevant le nid de Goyave, qui était en contreplaqué.

— C'est un protecteur à bébé œuf, ai-je expliqué fièrement. Je l'ai fabriqué à l'atelier de menuiserie aujourd'hui. Les boîtes à chaussures sont plutôt fragiles.

C'est trop facile de les écraser avec un pied ou un autobus.

Jonathan s'est dirigé vers la cabane, et j'ai reporté mon attention sur l'entraînement. J'ai enregistré quelques notes sur différentes manœuvres, mais je ne pouvais pas m'empêcher de penser à Stéphane Soutière. Quelle déception! Certains reporters passent leur vie à attendre une nouvelle comme celle-là. La gaspiller serait un crime contre le journalisme.

J'ai frissonné; il faisait vraiment froid. Les joueurs peuvent toujours se réchauffer en patinant, en se plaquant et en se bousculant. Les journalistes, eux, gèlent carrément. Quand Jonathan est sorti de la cabane, j'ai pris sa place auprès de la femme de l'entraîneur.

C'était chaud et confortable, là-dedans. J'ai senti que je commençais à transpirer, et cela n'avait rien à voir avec Mme Blouin. Pour dire la vérité, elle n'était pas aussi ravissante que d'habitude. Ses yeux magnifiques étaient cernés. De plus, elle était vêtue d'un survêtement ample au lieu de ses tenues haute couture habituelles.

J'espérais qu'elle n'était pas malade. J'avais posé la question à Boum Boum la veille, au magasin d'aliments naturels. Il avait eu un sourire bizarre et m'avait chuchoté à l'oreille :

— Elle est machin-chouette.

Cela pouvait signifier n'importe quoi : fatiguée, malade, qui sait?

— Assieds-toi, Tamia, m'a-t-elle proposé. Je viens d'ajouter une bûche dans le feu.

— Super, madame Blouin, ai-je dit en observant la pile de boîtes à chaussures près du tas de bois. Où est Goyave? Mon bébé œuf, ai-je ajouté devant son expression déconcertée. Jonathan vient de vous l'apporter.

— Non, a-t-elle répliqué. Il a seulement apporté du bois pour le feu. Il n'avait pas de boîte à chaussures.

— Mais non! ai-je gloussé. C'était mon nouveau bébé œuf. Je le garde dans une boîte de bois. Où l'avez-vous mise?

Mme Blouin a eu une expression atterrée. Elle a désigné le poêle.

— Là-dedans.

— Quoi?

Je me suis presque brûlé la main en ouvrant la lourde porte de métal. Une vision horrible m'est apparue. Mon protecteur à bébé œuf était en flammes.

— Est-ce que les coquilles d'œuf sont ignifuges? ai-je demandé avec espoir.

Pan! Un bruit d'éclatement et une volute de fumée grise m'ont donné la réponse.

...vous comprendrez donc que ce n'était pas ma faute si Goyave a explosé.

Fin du journal de bord de mon bébé œuf no 4.

(Madame Spiro, comme le dernier journal n'a rempli qu'une demi-page, dois-je en acheter un autre pour le prochain? Mon allocation a été interrompue parce que j'ai perdu tous ces bébés œufs.)

Journal de bord de mon bébé œuf no 5

Naissance : pendant la retenue à cause du bébé œuf no 4 (voir plus haut).

Nom : Vanille (d'après les tourbillons à la vanille).

— Clarence! a crié ma mère de la cuisine. As-tu vu ma petite casserole?

Oh! oh! La casserole en question se trouvait sur mon bureau. C'était mon protecteur à bébé œuf, nouveau et amélioré. Je l'appelais « le bouclier blindé ». L'acier inoxydable est encore plus résistant que le bois, et ignifuge par-dessus le marché. Vanille y était en sécurité, bien enveloppée dans une petite serviette dont ma mère n'avait pas encore remarqué la disparition. Le couvercle était maintenu par un élastique.

— Qu'est-ce que tu dis? ai-je lancé pour gagner du temps.

J'ai mis la casserole dans mon sac à dos, avant de dévaler l'escalier au pas de course.

— Je dois y aller! Bye, maman!

Je suis passé près d'elle en coup de vent et suis sorti de la maison. Une fois au magasin d'aliments naturels, je suis monté à l'arrière du camion de livraison avec les Flammes. Une balade dans l'autobus de l'équipe était toujours une aventure. Ai-je dit balade? Je devrais plutôt dire ballottement. Comme j'étais le seul à ne pas porter de jambières de hockey, j'en sortais toujours couvert de contusions.

— Attendez une minute, ai-je dit en regardant autour de moi. Où sont vos bébés œufs?

— Mon père garde le mien, a répondu Benoît.

— Moi, c'est ma mère, a ajouté Jonathan.

— Mes grands-parents, a dit Carlos.

— Ma sœur.

— Ma tante.

L'un après l'autre, les joueurs ont nommé leur gardien.

— Vous êtes chanceux, ai-je dit d'un ton boudeur. Ma mère pense que Mme Spiro est une enseignante géniale. Elle ne veut pas garder mon œuf, car d'après elle, ce serait manquer à mes responsabilités.

— Elle a raison, m'a dit Jean-Philippe. Je refuse de confier Wendell à qui que ce soit.

— Tu veux dire que tu l'as laissé seul à la maison? a demandé Jonathan. Que vas-tu écrire dans ton journal de bord?

— Je ne l'ai laissé nulle part, a rétorqué Jean-Philippe. Wendell reste avec moi. Bien en sécurité, sous les attaches de mes épaulières, a-t-il ajouté en se tapotant la poitrine.

— Tu vas *jouer* avec lui? ai-je demandé, incrédule. Sur la glace?

— Il ne me quitte jamais, a-t-il répondu d'un ton suffisant.

— Jean-Philippe, on joue au hockey, pas au scrabble, l'a informé Alexia. Si tu reçois un coup, ton bébé œuf va être pulvérisé.

— C'est là que tu te trompes, a gloussé Jean-Philippe

d'un air triomphant. Je l'ai enveloppé dans du papier hygiénique. Deux épaisseurs.

Carlos a trouvé ça hilarant. Il a commencé à se rouler par terre dans le camion, projetant ses bras et ses jambes de tous côtés en riant à gorge déployée. J'ai dû me réfugier derrière un sac de germe de blé pour éviter de recevoir des coups.

— Hé, je suis le seul qui n'a jamais perdu d'œuf! s'est exclamé Jean-Philippe d'un air insulté. Je ne veux prendre aucun risque avec mon dossier sans tache!

Cédric nous attend généralement à l'extérieur du centre communautaire, mais ce jour-là, il était à côté de la patinoire. On aurait dit que le monde entier s'y trouvait. Les matchs de milieu de semaine ne sont habituellement pas aussi courus que ceux de la fin de semaine, mais pour une fois, l'endroit était bondé. Avec un pointage de 5 à 5, les Matadors et les Pingouins s'en allaient en prolongation.

— En prolongation! me suis-je écrié en m'empressant de sortir mon magnétophone. C'est impossible!

— Stéphane Soutière a marqué tous les buts des Matadors, a confirmé Cédric.

C'était une nouvelle renversante! Je savais que Soutière était remarquable, mais je n'aurais pas cru qu'il pouvait élever les modestes Matadors au niveau des champions en titre. Les Pingouins comptaient Rémi Fréchette et Olivier Vaillancourt dans leurs rangs, les deuxième et troisième marqueurs de la ligue. Ils avaient en outre le meilleur entraîneur, un gardien solide, ainsi que d'excellents patineurs à chaque position. Ils n'avaient perdu qu'une seule partie durant l'année!

La fluidité de mouvement de Stéphane Soutière était de la pure poésie. Il filait sur la glace avec la grâce d'une gazelle, mais il était assez puissant pour renverser ses adversaires au passage. Il a déjoué Rémi d'une feinte habile, puis a bousculé Olivier. Quand il a pris son élan pour un lancer frappé, l'aréna est devenu aussi silencieux qu'une bibliothèque.

IIIII _Chapitre 9_

Toc!

Le coup était si percutant qu'on avait peine à voir la rondelle, qui est allée frapper le fond du filet derrière le gardien des Pingouins. Pointage final : 6 à 5 pour les Matadors. Du jamais vu!

Les partisans des Matadors étaient survoltés. Une victoire contre les Pingouins était presque impensable! Sans compter que Stéphane avait brisé le record du nombre de buts dans une partie, soit cinq, détenu par...

Oh! oh!

Je ne voulais pas contrarier Cédric, mais un journaliste ne peut pas ignorer une nouvelle de cette importance.

— Il a marqué six buts, tu sais, lui ai-je dit à voix basse. Ton record était de cinq.

Notre capitaine-adjoint a haussé les épaules d'un air résigné.

— Ce gars est bien meilleur que moi, Tamia. Il mérite ce

record.

Pourtant, Cédric n'avait pas l'air content.

Alexia a fait en sorte de se trouver près de la porte quand Rémi et Olivier sont sortis d'un pas lourd.

Elle leur a adressé son sourire le plus radieux :

— Dites donc, quelle malchance, les gars!

Le regard que lui a envoyé Olivier était aussi corrosif qu'un déchet toxique.

— Ce n'est pas juste! s'est-il écrié. Les Matadors étaient les plus pourris des pourris avant d'avoir ce... Soutière! a-t-il conclu en crachant le dernier mot.

Cédric a ricané. Il y avait encore beaucoup de rancune entre les Pingouins et lui. Le fait de les voir perdre compensait presque la perte de son record de cinq buts.

— Efface ce sourire de ta face, Rougeau! a grondé Rémi. C'est toi qui te fais écarter du livre des records!

— Depuis quand te soucies-tu de mes records? a rétorqué Cédric en levant un sourcil.

— Au moins, tu n'es pas sorti de nulle part, toi! a dit Olivier d'un ton boudeur. Tu n'es peut-être plus un Pingouin, mais tu fais partie des nôtres. Nous jouons dans cette ligue depuis trois ans! Savais-tu que c'était notre centième partie?

— Vraiment? a dit Cédric. Je n'ai jamais compté.

— Mon oncle a gardé tous les anciens programmes, a confirmé Rémi. Cent parties! Stéphane Soutière ne joue que depuis trois misérables semaines, et nous devrions le couronner? Peuh!

Ils se sont éloignés dans un entrechoquement de bâtons.

— Allez, tout le monde! a crié Boum Boum. Machin-chouette d'équipe!

J'ai senti mes antennes de reporter vibrer en avançant dans le couloir. Je pouvais discerner un nouveau rebondissement dans l'histoire des Flammes de Mars.

— Hé, Cédric, ai-je lancé. As-tu marqué au moins un but à chaque partie que tu as jouée?

— Oui, pourquoi?

— Te rends-tu compte? me suis-je écrié. Tu as réussi une série de 99 parties consécutives avec but!

— Et alors?

— Alors, si tu marques un but aujourd'hui, cela fera 100!

— Holà, Tamia! a-t-il protesté. Ne fais pas une montagne avec rien.

— Ce n'est pas rien! ai-je insisté. Stéphane Soutière va bientôt briser tous les records que tu détiens. Mais une série de 100 parties consécutives avec but, ce serait comme les pyramides! Personne ne pourrait y toucher! Pas plus Soutière que les autres!

— Si on perd aujourd'hui, c'est fichu pour les éliminatoires, a dit Cédric d'un air sombre. Il ne faut pas se laisser distraire.

J'ai gardé le silence. Mais aussitôt que nous sommes entrés dans le vestiaire, j'ai annoncé :

— Hé, tout le monde! Cédric est sur le point de jouer sa

centième partie avec but!

Les joueurs étaient estomaqués.

— Comment est-ce possible? a demandé Benoît.

Nous avons fait le calcul. Trente matchs par saison, plus les éliminatoires et les tournois d'étoiles. Le compte y était.

— Ils devraient donner un trophée pour cet exploit! a murmuré Kevin.

— Une médaille! a renchéri Marc-Antoine.

— Je parie que nos partisans feront la vague quand ils apprendront ça! a ajouté Jean-Philippe.

— Hé! Ho! a lancé Cédric. Ce n'est pas si important que ça.

— Bien sûr, a dit Alexia d'un ton sarcastique. C'est pour ça que tu as chargé ce grand bavard de le dire à tout le monde.

— Je lui ai demandé d'être discret, a rétorqué Cédric en me jetant un regard furieux.

— J'ai été discret, me suis-je défendu. Ce n'est rien à côté de l'article que je me prépare à écrire. Que pensez-vous de ce titre : *Rougeau marque 100 buts de suite*. Ou bien : *Un record imbattable*. Ou encore : *Stéphane Soutière, attache tes patins!*

— Cent patentes de suite avec cossin? s'est exclamé M. Blouin en donnant une tape sur les épaulières de Cédric. Ça me rappelle des souvenirs! J'ai eu un truc comme ça dans ma carrière.

— Vraiment? a dit Jonathan. Vous avez eu une série de

buts?

— Bien sûr que non, a répondu l'entraîneur en secouant la tête. Mais en 1971, j'ai reçu la rondelle en pleine figure 47 matchs de suite. C'est comme ça que j'ai perdu ces bidules, a-t-il ajouté en souriant pour révéler ses trois dents manquantes.

Bon, personne n'a jamais prétendu que notre Boum Boum était une superstar. Mais j'aimerais bien voir Wayne Gretzky se faire bombarder de la sorte et continuer à sourire.

Cédric nous a ramenés à la question du jour.

— On ne peut pas laisser ce détail changer notre stratégie, a-t-il insisté. Il faut absolument gagner si on veut accéder aux éliminatoires. C'est tout ce qui compte.

La sonnerie a appelé les équipes au jeu.

Avant d'aller m'asseoir, je me suis approché de la table du marqueur, près du banc des punitions. Quelle chance! Ce jour-là, l'annonceur était David, un super bon gars qui avait toujours été gentil avec les Flammes. Je lui ai parlé de la série de buts de Cédric.

— Donc, quand Cédric marquera son premier but, tu liras ceci, d'accord? ai-je dit en lui tendant un bout de papier.

— Compte sur moi, Tamia, a promis David.

Il a pris le papier et l'a placé sous son micro pour qu'il ne s'envole pas.

Les Flammes affrontaient les Éclairs du Pavillon du Hot-Dog, une équipe qui n'avait aucune chance de se rendre aux éliminatoires. Ce n'était pas qu'ils étaient mauvais. Seulement, leur capitaine avait attrapé la grippe en novembre et l'avait refilée à la moitié des joueurs, qui avaient ensuite infecté l'autre moitié. Ils avaient dû déclarer forfait pour plusieurs parties.

Les Éclairs étaient des joueurs solides, mais plutôt lents. Je pouvais voir que les Flammes allaient les devancer sans problème, surtout les rapides comme Benoît, Kevin et Cédric. La centième de Cédric était pratiquement dans le sac!

Comme prévu, Cédric a fait une échappée très tôt dans la partie. Il a mis les gaz, laissant les avants des Éclairs derrière lui. Il a franchi la ligne bleue avant que les défenseurs puissent prendre leur position. Levant son bâton pour un lancer frappé, il a aperçu Jean-Philippe qui se hâtait à l'aile gauche.

Le lancer frappé n'a jamais eu lieu. Au lieu de cela, Cédric a fait une passe parfaite à Jean-Philippe, qui a fait dévier la rondelle dans le coin du filet. C'était 1 à 0 pour les Flammes.

À la table du pointeur officiel, David a sorti mon papier et ouvert son micro.

— Mesdames et messieurs, vous venez d'assister à un moment historique...

— Pas maintenant, David! ai-je crié. Cédric n'a pas marqué! C'était Jean-Philippe!

Le micro s'est éteint.

Pendant que les Flammes se réjouissaient, Jean-

Philippe a plongé la tête dans l'encolure de son chandail pour vérifier l'état de son bébé œuf. Il a levé le pouce. Wendell allait bien.

Les Éclairs ont marqué à leur tour, créant ainsi l'égalité.

Puis, juste avant la fin de la période, Marc-Antoine a envoyé la rondelle à Carlos dans l'enclave. Notre grand ailier s'est débarrassé d'un défenseur, puis a exécuté un tir frappé qui a projeté la rondelle entre les jambes du gardien de but : 2 à 1 pour les Flammes.

— Mesdames et messieurs, vous venez d'assister à un moment historique...

— Non ! C'était Carlos! ai-je crié. Cédric n'est même pas sur la glace!

Clic!

Des gloussements se sont élevés dans la foule.

À la pause, le vestiaire était rempli de joueurs débordants de confiance. Même si nous ne menions que par un but, les Flammes avaient donné une performance solide sur toute la ligne.

Carlos était convaincu que l'équipe avait un atout supplémentaire.

— Vous savez, a-t-il dit d'une voix lente, je commence à croire que le cent sous la glace est vraiment ma pièce chanceuse.

Alexia a poussé un grognement en donnant une tape sur son propre casque.

— Les arbitres ont ramassé 2000 pièces et en ont oublié une, a-t-elle dit à Carlos. Un point, c'est tout.

Carlos n'était pas convaincu :

— Je sais que ça semble ridicule, mais quand j'ai marqué mon but, la rondelle se trouvait exactement sur cette pièce. Si ce n'est pas de la chance, qu'est-ce que c'est?

— C'est de la chance, c'est de la chance! s'est empressé de dire Boum Boum. Maintenant, écoutez bien. Voici les bidules de la deuxième période.

— Ajustements, ai-je chuchoté dans mon magnétophone.

L'entraîneur avait quelques suggestions, mais la stratégie demeurait la même.

— Nous allons battre ces zigotos, a-t-il conclu. Alors, allez-y et n'hésitez pas à faire des patentes!

C'était dans des moments pareils que Mme Blouin nous manquait. Elle savait traduire les instructions les plus bizarres de son mari. J'espérais qu'elle reviendrait bientôt.

Mais les patentes – peu importe ce que ça voulait dire – devaient être exactement ce que faisaient les Flammes durant la deuxième période. C'était le même jeu solide, mais avec plus d'intensité. Lorsque les Éclairs ont tenté de miser sur leur grande taille pour ralentir le jeu, les Flammes leur ont tenu tête. Alexia et Carlos ont effectué plusieurs mises en échec, et Kevin a amorcé quelques attaques à reculons pour déstabiliser l'adversaire. Chaque fois que les Éclairs parvenaient à créer une occasion de marquer, Jonathan était prêt à faire l'arrêt.

J'ai dicté une nouvelle idée de titre dans mon micro : *La mauvaise passe est chose du passé.*

C'était le meilleur match de la carrière des Flammes!

Il n'y avait qu'un problème. Benoît a marqué sur une passe de Jean-Philippe. Carlos a réussi son deuxième but de la partie en avantage numérique. Alexia a poussé l'avance à 5-1 avec un but prodigieux sans aide, après avoir dominé un trio de l'école secondaire. Vous voyez ce que je veux dire? Tout le monde marquait des buts, à l'exception de Cédric! Et chaque fois, David ouvrait son micro et commençait à lire mon texte :

— Mesdames et messieurs, vous venez d'assister à un moment historique...

Et je devais me lever en criant :

— Pas maintenant, David!

C'était quoi, son problème? Les Flammes portaient leur nom sur le dos de leur chandail, bon sang! Quelle sorte de pointeur officiel n'aurait pas su qui avait marqué?

Boum Boum m'a regardé d'un air perplexe.

— Quelle est donc cette bébelle entre David et toi? Pourquoi parle-t-il de moment historique?

— J'ai rédigé un petit discours au cas où Cédric établirait son record, ai-je expliqué. Mais David n'arrête pas de se tromper.

Cédric m'a foudroyé du regard :

— Tamia, je t'ai dit que je ne voulais pas faire toute une histoire avec ça. Maintenant, si je ne marque pas de but, j'aurai l'air d'un parfait idiot!

— Mais bien sûr que tu vas marquer un but! ai-je protesté. Tu le fais toujours!

Cédric a haussé les épaules.

— On gagne, on dispute un bon match... Qui se soucie de savoir qui a marqué?

— Le journaliste, voilà qui! ai-je riposté. C'est ça qui fait un bon article. Qui s'intéresserait à un explorateur qui a navigué sur seulement six des sept mers? Ou qui a exploré trois des quatre coins de la terre? Eh bien, personne ne veut lire un article au sujet d'un gars qui a marqué au moins un but dans 99 matchs consécutifs sur 100! Si tu veux faire la une de *Sports Mag*, il va te falloir les bons chiffres!

Avant qu'il puisse répliquer, Marc-Antoine, notre joueur le plus lent, a marqué un but en échappée! En échappée! Marc-Antoine, un patineur si lent que la défense pourrait aller se préparer un lait frappé et revenir à temps pour l'arrêter! Marc-Antoine, l'escargot humain!

— Allez! ai-je sifflé dans la nuque de Cédric. Si Marc-Antoine peut le faire, toi aussi!

— Mesdames et messieurs, vous venez d'assister à un moment historique...

Cédric, Boum Boum et moi nous sommes écriés en chœur :

— Tais-toi!

Des éclats de rire ont résonné dans les gradins.

Je me suis tenu la tête à deux mains. Tout ce que je voulais, c'était un beau petit but, suivi d'une belle petite annonce. Était-ce trop demander?

║║║║║ _Chapitre 10_

Durant la troisième période, j'ai abandonné mon siège de journaliste derrière le banc des Flammes pour aller m'asseoir avec David. Il fallait que je le fasse taire jusqu'au bon moment. Nous en étions au point où toutes ses annonces, même les plus sérieuses, provoquaient l'hilarité des spectateurs. Quand il a annoncé un changement de gardien pour les Éclairs, les explosions de rire étaient si assourdissantes que le gardien a refusé de sortir du vestiaire.

Croyez-moi, ma position était inconfortable à plus d'un point de vue. D'abord, David était de mauvaise humeur parce que les gens riaient de lui. Ensuite, comme il n'y avait pas de siège vacant, je devais m'accroupir sur mon sac à dos. Je ne pouvais pas m'appuyer de tout mon poids, parce que Vanille était à l'intérieur, protégée par la casserole de ma mère. J'étais donc juché dessus, sans être vraiment assis. J'avais l'impression que mes genoux allaient me lâcher. C'était atroce.

Enfin et surtout, j'étais de plus en plus nerveux. Avec une grosse avance de cinq buts, les Flammes avaient adopté une attitude défensive et cessé de marquer. Comment Cédric allait-il avoir son but s'il n'y avait plus de jeu offensif?

Quelle frustration! Nous étions à l'aube d'un moment historique, et j'étais le seul à m'en soucier! Parfois, je pense que le sport se porterait mieux si on enlevait tous les athlètes pour ne garder que les journalistes. Ce serait beaucoup plus spectaculaire. Et personne n'interromprait une série de matchs avec but juste avant le centième. C'est certain!

J'ai presque craché mes poumons :

— Allez, Cédric! Tu es capable! Je suis avec toi! Bon sang, Cédric, tu vas tout gâcher!

Les minutes s'écoulaient, et je restais là, accroupi et misérable, les jambes tenaillées par des crampes. Bien sûr, je savais que notre équipe était en train de remporter un match important. Je savais qu'elle conservait ses chances d'aller en éliminatoires. Mais je ne pouvais pas me décider à écrire là-dessus. Il avait fallu trois ans pour se rendre à 99 parties! Si Cédric ne marquait pas durant ce match, il devrait recommencer à zéro! Quel gaspillage!

— Dernière minute de jeu, a annoncé David.

Même à ce moment, après toute une période sans but, il a provoqué des éclats de rire.

Je l'admets : j'ai abandonné tout espoir. Je suis resté

assis, la poignée de la casserole plantée dans la cuisse, la conviction que le meilleur article de ma car s'envolait en fumée.

— Il ne va pas marquer de but, ai-je dit à haute voix.

Je ne m'adressais à personne en particulier. J'avais juste besoin de l'entendre.

À 30 secondes de la fin du match, les Flammes se contentaient de patiner pour tuer le temps. Soudain, le capitaine des Éclairs a enlevé la rondelle à Jean-Philippe et effectué un lancer du poignet. Peut-être à cause de notre avance de cinq buts, Jonathan était très sûr de lui. Au lieu de bloquer la rondelle avec son corps, il l'a frappée avec son bâton comme si c'était une balle de baseball.

Poc!

La rondelle s'est envolée au-dessus de la tête des joueurs et a atterri dans la zone neutre derrière les défenseurs des Éclairs. Après un rebond, elle a roulé jusqu'à Cédric et Alexia, qui venaient d'arriver sur la glace pour un changement de trio.

Mes yeux étaient exorbités. C'était l'un de ces rares grands moments de hockey : une double échappée, deux contre le gardien!

Alexia s'est emparée de la rondelle et a filé du côté droit, à la vitesse de l'éclair.

— Nooon! ai-je crié. Donne-la à Cédric! *À Cédric!*

C'est ce qu'elle a fait, avec une passe en retrait juste à l'intérieur de la ligne bleue, avant de s'écarter sur la gauche pour lui laisser le champ libre.

Cédric a dû penser qu'elle avait un meilleur angle, car il la lui a aussitôt renvoyée.

Elle la lui a retournée en disant :

— Marque, champion!

À ce moment, Alexia se trouvait au coin du filet. Aucun joueur de hockey ne tenterait de marquer lorsqu'un coéquipier est aussi bien placé pour faire dévier la rondelle dans le but.

Cédric a donc renvoyé la rondelle à Alexia.

Le pauvre gardien était en train de devenir fou à les regarder jouer à la patate chaude.

Dix secondes... neuf... huit...

— Que *quelqu'un* marque! a crié Boum Boum.

Je pouvais lire l'expression d'Alexia à travers sa visière. Elle avait tout fait pour favoriser un but de Cédric. C'en était assez. Il allait marquer, qu'il le veuille ou non!

Elle a contourné le filet, puis visé soigneusement en direction de... Cédric!

Pow!

La rondelle a frappé le bâton de Cédric avant de filer entre les jambières du gardien. Compte final : 7 à 1 pour les Flammes.

J'étais survolté. C'était le jeu d'Alexia, mais la rondelle avait frappé la lame du bâton de Cédric avant d'entrer dans le filet. Le but était donc à lui. Cédric Rougeau avait complété une série de 100 matchs consécutifs avec but!

J'ai tapé David dans le dos.

— Qu'est-ce que tu attends? Vas-y, lis mon texte!

— D'accord! a répondu David en saisissant un papier et en allumant le micro. Le propriétaire d'une Volvo bleue est prié de se rendre au stationnement. Ses phares sont allumés.

— Non! ai-je hurlé. C'est le mauvais papier!

Tout énervé, David a saisi une autre feuille.

— Le casse-croûte va fermer dans cinq minutes...

— Ah, donne-moi ça! ai-je dit en lui enlevant le micro des mains pour faire l'annonce moi-même. Mesdames et messieurs, vous venez d'assister à un moment historique. Avec ce but brillamment exécuté, Cédric Rougeau vient de compléter une série de 100 parties consécutives avec but. Vous avez eu la privelège d'être témoin de ce nouveau record qui restera longtemps inégalé!

Je me suis interrompu pour donner à la foule l'occasion d'applaudir. Au lieu de cela, les spectateurs se sont levés et se sont dirigés vers la sortie.

— Quel est leur problème? ai-je demandé.

David m'a tendu le fil du micro. La fiche pendait à l'extrémité.

— Tu as débranché le fil.

J'étais horrifié.

— Tu veux dire...

— Personne ne t'a entendu.

— Vite, l'ai-je supplié. Rebranche-le! C'est important.

À ce moment, l'aréna était pratiquement désert.

— Revenez! ai-je supplié dans le micro. Vous manquez un grand moment de hockey! Ah, zut!

Dans le vestiaire, Cédric acceptait modestement les félicitations de ses coéquipiers et de l'entraîneur.

En tant que journaliste de l'équipe, j'avais droit à la première entrevue, surtout que cette histoire de record était mon idée.

— Qu'est-ce que ça te fait d'être le premier joueur de l'histoire à compléter 100 matchs de suite avec but? ai-je demandé en approchant le micro de sa figure.

— Ça m'embête, si tu veux le savoir, a-t-il dit d'un air dégoûté. Et tu m'embêtes d'avoir fait toute une histoire avec ça.

C'est agréable de se sentir apprécié.

Alexia s'est approchée.

— Félicitations, le champion, a-t-elle dit. Tu n'aurais jamais réussi sans moi.

— C'est vrai, je l'admets, a répondu Cédric en riant. Je suis content d'avoir établi ce record, mais surtout, je suis content qu'on ait gagné. Il ne nous reste plus qu'un match avant les éliminatoires.

Jonathan a déposé son bloqueur et son gant sur ses jambières.

— Je ne comprends pas, a-t-il dit en fronçant les sourcils. L'équipe des Panthères a encore perdu aujourd'hui. Elle est donc éliminée. Et les Rois sont trop loin derrière pour avoir une chance. Alors, qui d'autre que nous peut prétendre à la huitième place?

— Est-ce qu'on l'aurait déjà obtenue? a demandé

Carlos.

— Non, a répondu Cédric. Il nous faut définitivement une autre victoire.

— Ou alors, il faut que ces autres zouaves perdent, est intervenu l'entraîneur. Tout le monde est prêt? Où est Jean-Philippe?

Nous l'avons finalement trouvé au centre de la glace, assis sur le point de mise au jeu, entouré de ses vêtements et de son équipement. Il était plié comme un bretzel, en train de fouiller dans son épaulière.

— Jean-Philippe! s'est exclamé Boum Boum, stupéfait. Qu'est-ce que tu fais là? Remets tes bidules immédiatement!

— Je ne trouve pas Wendell! a lancé Jean-Philippe d'un air inquiet.

— Qui est Wendell? a demandé l'entraîneur.

Soudain, le visage de Jean-Philippe s'est éclairé d'un sourire soulagé.

— Le voici!

Il a sorti son bébé œuf de son épaulière, tout enrubanné dans un cocon de papier hygiénique.

— Hé, mon petit coco! Tu m'as fait peur!

Je suis certain que même Mme Spiro aurait été satisfaite. Nous avions là un enfant normal, assis à moitié nu dans un aréna, en train de faire faire un rot à une coquille d'œuf vide.

Puis je me suis rappelé que je devais vérifier l'état de Vanille. J'ai aussitôt ouvert mon sac à dos, défait l'élastique et jeté un œil dans la casserole préférée de ma mère.

— Hourra!

Vanille n'était même pas fêlée. Je commençais probablement à m'habituer à mon nouveau rôle de père.

En remontant la fermeture éclair de mon sac, j'ai aperçu le tableau du classement. J'ai retenu mon souffle. Je venais de voir quelle équipe aurait la chance d'éliminer les Flammes avant les séries. Les Matadors avaient si bien joué lors des derniers matchs qu'ils étaient tout à coup à un demi-match des Flammes. Et contre quelle équipe allions-nous jouer samedi pour terminer la saison?

Les Matadors eux-mêmes. Ce serait eux ou nous.

Je ne cessais de repasser tout ça dans ma tête. Mais chaque fois, ma conclusion était la même : le chemin vers les éliminatoires passait par le grand Stéphane Soutière.

IIIII __Chapitre 11__

Le jeudi, notre école était fermée en raison d'un congé pédagogique. La ligue avait donc prévu plusieurs entraînements au centre communautaire.

Comme d'habitude, M. Fréchette avait octroyé la pire heure aux Flammes : 6 h du matin. Il ne ratait jamais une occasion de narguer les Marsois.

Après l'entraînement, nous sommes retournés au magasin d'aliments naturels pour déjeuner. Le repas était dégueu, bien sûr : des crêpes au tofu, avec du yogourt nature au lieu de sirop. Mais maintenant, nous maîtrisions tous l'art d'ignorer nos papilles gustatives et de tout engloutir sans protester.

Le seul problème était Mme Blouin. Elle n'avait vraiment pas l'air dans son assiette. Elle était là pour nous accueillir et nous redonner nos bébés œufs, qu'elle avait gardés pour nous, mais elle est aussitôt repartie faire une sieste.

De toute évidence, Boum Boum était inquiet. Il lui ouvrait la porte, tirait sa chaise, l'empêchait de préparer la nourriture et de débarrasser la table.

Lorsque nous nous sommes retrouvés seuls dans le restaurant, Jonathan a dit :

— J'espère que Mme Blouin n'est pas malade.

— Ouais, a renchéri Kevin. Je n'aurais jamais cru dire ça un jour, mais elle a presque l'air... laide.

Alexia a poussé un grognement de dégoût.

— Vous n'avez pas honte? Elle ne se sent pas bien et a l'air d'une personne normale au lieu d'une couverture de magazine. Et vous, tout ce qui vous importe, c'est que le spectacle est moins beau que d'habitude? Donnez-lui une chance! Je suis certaine qu'elle sera de nouveau superbe pour les éliminatoires.

— Les éliminatoires! a grommelé Marc-Antoine. On ferait mieux d'oublier ça! Stéphane Soutière va nous écraser samedi.

— Tout n'est pas perdu, a dit Cédric d'un air plus ou moins convaincu.

— Pourquoi ne voulez-vous pas m'écouter? me suis-je écrié en me levant d'un bond. Ce gars-là est trop vieux pour la ligue!

— Tamia, on a déjà fait le tour de la question, a dit Alexia en réglant son volume au plus bas. On ne peut rien faire sans preuve.

— Si on téléphonait à M. Fréchette? ai-je suggéré.

— Pour lui dire quoi? a demandé notre capitaine. Que

tu penses avoir vu de la crème à raser?

— J'en ai vraiment vu, ai-je rectifié.

— Ce n'est pas suffisant, est intervenu Cédric. On n'a pas le choix. On devra juste faire de notre mieux contre les Matadors.

Faire de notre mieux! Tu parles d'une mauvaise attitude!

Mais je n'avais pas perdu espoir. Après le déjeuner, je me suis rendu à l'arrêt d'autobus, déterminé à revenir à Bellerive. Les joueurs des Flammes étaient peut-être résignés à abandonner leur dernière chance, mais ce n'était pas le cas de leur journaliste! Tout mon reportage sur l'équipe Cendrillon était en jeu. C'est vrai : Cendrillon va au bal, elle ne se fait pas voler son billet par Stéphane Soutière!

Mon plan était simple. Les Flammes ne pouvaient pas parler à M. Fréchette sans preuve, mais son neveu le pouvait. J'étais certain que Rémi sauterait sur cette occasion de se débarrasser de Soutière. L'équipe des Matadors était la seule qui pouvait empêcher les Pingouins de remporter le championnat. Et sans Soutière, les Matadors n'étaient rien du tout.

Je suis arrivé au centre communautaire un peu avant 11 h. Bien sûr, ces chouchous de Pingouins avaient obtenu l'heure d'entraînement idéale. Ils avaient pu dormir en ce matin de congé, alors que les Marsois avaient dû se lever avec les poules.

L'entraîneur Morin était exigeant avec ses joueurs. Je

dois admettre qu'ils étaient beaux à voir, avec leurs passes précises et leur patinage de puissance. Ils n'avaient personne du calibre de Soutière, bien entendu. Mais ils avaient un marqueur potentiel à chaque position, à l'exception du gardien. Plus de la moitié des joueurs étaient choisis année après année pour faire partie de l'équipe des étoiles.

Ils m'ont accueilli comme je m'y attendais.

— Hé, regardez, c'est le journaliste martien!

Olivier a tenté de faire rebondir un lancer levé sur mon nez. Je l'ai instinctivement bloqué avec la casserole de ma mère.

Bing!

Rémi a foncé sur moi à toute vitesse. À la dernière seconde, il a freiné en enfonçant la lame de ses patins dans la glace. Un nuage de neige s'est élevé, recouvrant mes vêtements et le bouclier blindé de mon bébé œuf d'une fine poudre glacée.

— Hé, le plouc de l'espace! Que viens-tu faire sur Terre?

J'ai hésité. Si mes propres amis ne me croyaient pas au sujet de Soutière, Rémi ne me croirait pas non plus. Mais il y avait peut-être moyen de semer un doute dans son esprit.

— Alors, que penses-tu de Stéphane Soutière? ai-je dit d'un air désinvolte.

— C'était un coup de malchance la semaine passée, a-t-il dit en fronçant les sourcils. On peut battre les Matadors n'importe quand!

— Il est vraiment *fort*, ai-je insisté. Tu ne trouves pas que c'est bizarre? Il y a beaucoup de gars aussi grands que lui, mais ils sont loin d'être aussi forts. Et son style de jeu a beaucoup de *maturité*...

— Où veux-tu en venir, Tamia? a demandé Rémi d'un ton impatient.

Combien d'indices allais-je devoir semer? Il était bête comme ses pieds, ce type!

— C'est curieux que personne ne le connaisse, non? ai-je poursuivi. D'accord, il va à l'école secondaire du comté, mais les élèves de cette école s'inscrivent à des clubs en ville, participent à des activités... tu sais, avec des gars *de leur âge*...

— Attends une minute! m'a-t-il interrompu, une lueur de compréhension dans ses yeux de reptile. Tu penses qu'il est trop vieux, hein? Et tu veux que j'avertisse mon oncle. Pourquoi ne lui dis-tu pas toi-même? a-t-il ajouté en plissant les yeux.

— Heu, eh bien...

— Tu n'en es pas certain? Tu le voudrais bien, mais tu as seulement des soupçons, c'est ça?

— Je... Je... ai-je balbutié. J'ai juste pensé que tu voudrais demander à ton oncle de... de vérifier...

Rémi m'a jeté un regard méprisant qui m'a donné l'impression d'une douche froide.

— Pourquoi ferais-je ça? On a déjà affronté les Matadors. Maintenant, c'est à votre tour. Bonne chance! a-t-il ajouté avec un rire mauvais.

— Vous allez jouer contre eux tôt ou tard, ai-je rétorqué. Ils vous ont déjà battus, ils pourraient encore le faire. Et durant les séries, vous seriez éliminés.

— Eh bien, c'est à ce moment-là que je demanderai à mon oncle de faire une enquête. Mais en attendant, j'aurai le plaisir de voir les nonos de la nébuleuse se faire éliminer samedi!

Il s'est éloigné en lançant :

— Merci pour l'avertissement, le zouf!

J'étais furieux. Mon plan s'était retourné contre moi! Non seulement nous n'étions pas débarrassés de Soutière, mais je venais juste d'aider les pires ennemis des Flammes.

Cependant, tout n'était pas perdu. Qu'est-ce qui empêchait les Flammes d'agir? Alexia ne cessait de répéter que je n'avais aucune preuve. Si je pouvais en obtenir, la ligue serait dans l'obligation de renvoyer Soutière.

J'ai senti un élan d'excitation. C'était du véritable journalisme d'enquête. Comment pouvait-on prouver l'âge d'une personne? L'hôtel de ville conservait les dossiers de naissance. Mais s'il était né ailleurs? Son médecin avait sûrement un dossier, mais je n'avais pas le temps de téléphoner à tous les docteurs de Bellerive. Il fallait démasquer ce tricheur avant samedi.

Tout à coup, j'ai su où m'adresser : à son école. Son dossier contiendrait tous les renseignements nécessaires.

Je suis reparti vers l'arrêt d'autobus avec ma casserole. C'était la seule possibilité que j'avais d'aller à l'école secondaire du comté, car le lendemain, je serais à ma propre école.

Il m'a fallu trois autobus pour m'y rendre. À un moment donné, j'ai même oublié Vanille et j'ai dû courir en hurlant pendant un demi-kilomètre avant d'attirer l'attention du chauffeur. Cela m'a fait rater le prochain autobus, et j'ai dû attendre 40 minutes. C'était un vrai cauchemar!

L'école secondaire du comté est un grand édifice carré au beau milieu d'un champ. Le stationnement était rempli de voitures et d'autobus scolaires. Mais autrement, il n'y avait aucun signe de vie humaine partout où portait mon regard. Je sais que Mars n'est pas Times Square, mais cet endroit aurait pu se trouver au coin de la rue de Nulle Part et de l'avenue du Bout du Monde.

J'étais un peu nerveux quand je suis entré par la porte principale, en tenant Vanille à bout de bras comme si je me rendais à un souper communautaire. C'était très différent de l'école élémentaire de Bellerive. Je suis plutôt petit pour un enfant de sixième année, et les corridors grouillaient d'élèves de septième, huitième et neuvième années. Certains d'entre eux étaient plus grands que mon père.

Heureusement, nul ne me prêtait attention. Je me suis presque fait écraser à quelques reprises, mais au moins, personne ne m'a jeté à la porte.

Une cloche a sonné. En deux secondes, les corridors se sont vidés. J'ai trouvé le bureau et je suis entré.

Une secrétaire m'a jeté un regard soupçonneux.

— Tu ne devrais pas être en classe, toi? Pourquoi traînes-tu ça? a-t-elle ajouté en désignant ma casserole.

Pris de court, j'ai bredouillé :

— Je... Je...

||||| __Chapitre 12__

Mon instant de panique a été interrompu par un vacarme dans le couloir. Des étudiants se bousculaient devant les casiers.

Bientôt, des cris se sont fait entendre :

— Une bataille! Une bataille!

La secrétaire s'est empressée de sortir en s'exclamant :

— Arrêtez ça tout de suite, vous deux...

Je me suis retrouvé seul devant un classeur portant la mention DOSSIERS DES ÉLÈVES. Je n'ai eu qu'à ouvrir le tiroir des S. C'était facile. Si jamais je m'ennuie un jour à *Sports Mag*, je pourrai toujours me faire embaucher pour animer l'émission J.E.

Savard... Sénécal... Soutière. Bingo!

La première page a confirmé mes soupçons : Soutière, Stéphane. Neuvième année.

Je le savais! Quel tricheur! Imposteur! Ça prenait vraiment un salaud pour se mesurer à des plus jeunes afin d'être une vedette! Eh bien, c'était terminé. Stéphane Soutière avait joué sa dernière partie dans la ligue Droit au but de Bellerive!

J'ai arraché le papier du dossier et l'ai glissé dans le photocopieur. J'étais aux anges. Je n'étais là que depuis deux minutes et ma mission était accomplie.

Tout à coup, une voix a lancé :

— Hé! Qu'est-ce que tu fais là?

Un homme de grande taille, vêtu d'un complet sombre, venait d'ouvrir la porte indiquant DIRECTEUR.

J'ai vite arraché le couvercle de ma casserole. L'élastique s'est cassé et s'est envolé, allant frapper le directeur au beau milieu du front.

— Aïe!

Après avoir mis la photocopie dans la casserole avec Vanille, j'ai détalé comme un lapin effarouché. Je suis passé près des deux bagarreurs dans le couloir, puis j'ai couru vers la sortie la plus proche.

Oh, non! La porte était verrouillée!

— Reviens ici! a crié la voix du directeur derrière moi.

J'ai emprunté un corridor au triple galop, en jetant des regards furtifs par-dessus mon épaule.

Soudain, des mains m'ont arraché ma casserole. Une enseignante portant un tablier m'a regardé d'un air désapprobateur.

— Bon, tu es là! Tu es en retard. Toute la classe attend, Hugo. Tu es bien Hugo, n'est-ce pas?

J'ai aperçu le directeur au bout du couloir.

Certainement que j'étais Hugo! J'ai suivi l'enseignante dans la classe, en prenant bien soin de refermer la porte.

— Oui, je suis Hugo.

— Va boire un verre d'eau, m'a-t-elle dit gentiment. On dirait que tu as couru un marathon.

J'ai trouvé un évier (il y en avait six dans la classe!) et je me suis versé un verre d'eau. L'enseignante a poursuivi son cours. Bon, je ne prétends pas comprendre la matière du niveau secondaire, mais pourquoi parlait-elle de soupe aux pois?

— Maintenant, nous portons le bouillon à ébullition, disait-elle. Attention de ne pas soulever le couvercle pour ne pas perdre de pression. Cela modifierait le temps de cuisson...

Elle a été interrompue par des coups à la porte. J'ai été saisi de panique. Je craignais que ce soit le directeur. Mais c'était juste un autre élève. Un élève qui transportait, lui aussi, une casserole.

— Je peux t'aider? a demandé l'enseignante.

— Est-ce que c'est le cours d'économie familiale? a demandé le nouveau venu. M. Louvain m'a envoyé avec le bouillon pour la soupe. Je suis Hugo.

Tous les yeux se sont tournés vers moi. De mon côté, j'avais le regard rivé sur la casserole de ma mère. Elle était devant l'enseignante, sur un brûleur à gaz allumé.

L'enseignante était déroutée.

— Qu'est-ce qu'il y a dans cette casserole, alors?

— *Vanille*! ai-je crié en me précipitant pour secourir

mon bébé œuf.

J'ai saisi la poignée du couvercle.

— Ayoye!

C'était brûlant. J'ai échappé le couvercle, qui est tombé par terre avec fracas. Une épaisse fumée noire s'est élevée de la casserole. Je ne voulais pas regarder à l'intérieur, mais il le fallait.

La chaleur avait fait exploser Vanille en mille morceaux. La serviette était fumante. Et un coin de ma photocopie avait pris feu. J'ai essayé de souffler pour éteindre la flamme, mais cela n'a fait que l'attiser.

Pschiiiit!

Un petit malin a voulu jouer au héros et a vidé l'extincteur dans la casserole. Toute la pièce s'est remplie de fumée. J'ai plongé les deux mains dans la casserole pour rescaper ma photocopie, mais le papier s'est désintégré entre mes doigts.

Au même moment, le système de gicleurs s'est déclenché. De l'eau a commencé à couler du plafond. Profitant de la confusion, j'ai accompli mon action la plus intelligente de la journée : je suis sorti par la fenêtre. Si la classe avait été au troisième étage au lieu du premier, cela ne m'aurait pas fait reculer.

Je ne me suis arrêté de courir qu'en atteignant les limites de la ville de Bellerive. C'est seulement là que je me suis aperçu que j'avais oublié la casserole préférée de ma mère. J'ai alors pris la décision unilatérale de ne pas retourner la chercher. Il valait mieux qu'elle pense que sa casserole avait disparu, plutôt que de découvrir ce qui s'était passé.

J'avais l'esprit si confus que je n'ai pas entendu la voiture qui arrivait derrière moi. Le coup de klaxon m'a presque envoyé dans le fossé.

Debout dans les hautes herbes, je l'ai regardée passer. Elle était surmontée d'une pancarte verte portant les mots : ÉLÈVE AU VOLANT.

Les yeux me sont sortis de la tête. Le gars qui conduisait a sursauté en me voyant. Il m'avait reconnu, c'était évident. Et je l'avais reconnu, moi aussi.

C'était nul autre que Stéphane Soutière.

Chapitre 13

— Il n'y a plus aucun doute! ai-je annoncé aux autres dans l'autobus, le lendemain matin. Stéphane Soutière n'est pas seulement trop vieux. Il est *beaucoup* trop vieux : il a 16 ans!

— Comment le sais-tu? a demandé Benoît.

— Il suit des cours de conduite, ai-je répliqué. Je l'ai vu hier quand je suis allé à son collège photocopier son dossier. Il est en neuvième année!

Tout le monde m'a applaudi.

— Bravo, Tamia! a lancé Jonathan. Désolé d'avoir douté de toi.

— Les séries, nous voici! a ajouté Carlos.

— Maintenant, nos partisans vont faire la vague! s'est exclamé Jean-Philippe.

— As-tu montré la photocopie à M. Fréchette? a demandé Benoît.

— Pas exactement, ai-je répondu.

— Pourquoi pas?

— Je l'ai, heu... perdue dans le feu, ai-je grommelé, les dents serrées.

— Ah, Tamia! a gémi Jonathan, qui n'avait pas hâte de recevoir un lancer frappé de Soutière. Tu avais une preuve et tu l'as perdue?

— C'est à cause de la prof d'économie familiale, ai-je protesté. Elle l'a fait cuire.

— *Cuire*? s'est exclamé Jonathan, les yeux écarquillés.

— Elle pensait que c'était de la soupe, ai-je expliqué d'un air peiné. Mais c'est un gars appelé Hugo qui avait la vraie soupe...

Avez-vous déjà essayé de raconter une histoire véridique, qui avait de plus en plus l'air d'un mensonge au fur et à mesure que vous la racontiez? Quand j'en suis arrivé à la partie des gicleurs, j'ai cru qu'ils allaient me jeter hors de l'autobus!

— Donc, si je comprends bien, tu n'as rien, a conclu Alexia.

— Mais j'ai *vu* la preuve! ai-je gémi. Et je peux témoigner du fait qu'il suit des cours de conduite!

— Témoigner où? a-t-elle demandé d'un ton sarcastique. À la Cour suprême des tricheurs de hockey?

— Mais c'est sûr à cent pour cent! me suis-je écrié. Ce gars-là a 16 ans! Je ne peux pas m'être trompé. Quand on le dira à M. Fréchette...

— M. Fréchette nous déteste, est intervenu Benoît. Il était parmi ceux qui ont voté contre notre admission dans la ligue. Il ne voudra pas nous écouter sans preuve.

— Mais il sera obligé d'écouter M. Blouin, ai-je ajouté. Il est notre entraîneur et notre commanditaire.

— Je peux déjà l'entendre, s'est esclaffée Alexia. Ce zigoto est trop machin pour jouer dans cette patente! Cela convaincra vraiment M. Fréchette!

— Mme Blouin parle français, elle! lui ai-je fait remarquer.

Jonathan a secoué tristement la tête.

— Demain, ce sera la dernière partie de la saison. Sans preuve, M. Fréchette devra mener lui-même une enquête, ce qu'il ne pourra pas faire avant la semaine prochaine. Peu importe comment on aborde le problème, on va devoir jouer contre Stéphane Soutière demain. Peut-être qu'on va le battre...

Les cris de ses coéquipiers manquaient d'enthousiasme. Au fond de mon cœur de journaliste, je savais que les chances des Flammes d'accéder aux séries étaient nulles.

Toutefois, les mines dépitées dans l'autobus n'étaient rien à côté de l'accueil que m'a fait Mme Spiro en apprenant ce qui était arrivé à Vanille. Elle a piqué une crise. Elle m'a traité comme si j'étais un tueur en série, pas un pauvre élève qui avait accidentellement brisé quelques coquilles d'œuf.

— Durant toutes les années où j'ai mené ce projet de bébés œufs, je n'ai jamais vu un parent aussi irresponsable! Imagine si Vanille avait été un véritable enfant!

— Mais elle ne l'était pas! ai-je riposté.

Mauvaise réponse. Je vous dis qu'elle était furieuse de la perte d'un malheureux petit œuf! Bon, d'accord, cinq œufs.

Elle a sorti un autre œuf d'un tiroir et a déposé une épingle à côté, sur le bureau.

— C'est ta dernière chance, Clarence, a-t-elle dit, les dents serrées. Si quoi que ce soit arrive à ce bébé œuf, tu n'en auras pas d'autre. Tu recevras un F pour ce projet. De plus, tu perdras le privilège de faire toutes tes rédactions sur l'équipe de hockey et tu seras exclu de la *Gazette*.

Si je ne suis pas tombé raide mort à ce moment-là, je vivrai probablement éternellement.

Ça ne me dérange pas de me faire engueuler. Et j'ai passé plus de temps en retenue qu'en classe. Mais cette fois, c'était sérieux. Il n'y a que deux choses qui font de Tamia Aubin la personne qu'il est : la première, c'est sa consommation de boules magiques, qui est maintenant une chose du passé grâce à maman et au dentiste. La seconde, et la seule qui me restait, c'était le reportage sportif. Sans cela, aussi bien disparaître.

J'ai évidé mon œuf avec autant de soin qu'un diamantaire. Après avoir terminé, j'ai voulu le montrer à Mme Spiro. Elle a refusé de le regarder.

— Voulez-vous que je le colore? ai-je demandé timidement.

Pas de réponse.

— Est-ce que je dois lui donner un nom?

Silence. Elle pensait probablement que cet œuf ne survivrait pas assez longtemps pour franchir la porte de la classe. À quoi bon baptiser cette pauvre créature?

— Bon, me suis-je dit à moi-même. Je ferai tout ça à la maison.

J'ai sorti une boîte à chaussures du placard. Mais je savais que cela ne procurerait pas le millionième de la protection nécessaire pour ce bébé œuf. Toute ma carrière de journaliste dépendait de la façon dont je me comporterais à partir de ce moment.

Dès que je suis arrivé chez moi, je me suis mis à l'ouvrage.

Ciment miracle à séchage rapide, disait l'étiquette sur le tube. *S'applique sous forme liquide et durcit en moins de cinq minutes.*

Comme les trous d'aiguille étaient petits, il m'a fallu plus d'une heure pour remplir toute la coquille. Après avoir terminé, j'avais un bébé œuf plus lourd qu'une balle de baseball. Une chose était certaine : rien ne pourrait écraser ce coco.

Mais en l'examinant, je n'étais toujours pas rassuré. D'accord, l'intérieur était aussi solide que du granit. Mais est-ce que la coquille risquait de se fêler et de se détacher? Avec mon métier de reporter en jeu, je ne voulais pas prendre ce risque.

Je suis allé dans le garage et j'ai regardé sur les tablettes. Il fallait que je trouve quelque chose pour renforcer la coquille.

Qu'est-ce que c'était que ce produit? *Scellant pour asphalte*. C'était le truc noir que nous avions étalé dans l'entrée, l'été précédent. Maman disait que cela remplissait les fissures et renforçait la surface. C'était exactement ce qu'il me fallait. Et il en restait tout un pot.

J'ai retiré le couvercle et trempé mon bébé œuf dans l'enduit bitumeux. Il est ressorti couvert d'une couche noire. Après l'avoir posé sur le couvercle pour le laisser sécher, je suis allé me laver les mains. Parfait! Ce truc ne s'enlevait pas. Ce n'était pas parfait pour les mains, mais pour les œufs, c'était idéal. Qu'est-ce qui pourrait être plus résistant qu'une entrée? Après tout, on y gare des véhicules!

J'ai trempé de nouveau mon œuf. Pendant qu'il séchait, j'ai regardé sur les tablettes pour voir s'il n'y avait pas autre chose. Une sorte d'assurance supplémentaire. Vous savez, comme porter un pantalon avec une ceinture et des bretelles pour être sûr qu'il ne tombera pas.

Tout à coup, j'ai trouvé. Du polyuréthane. Un revêtement de plastique transparent qui avait servi à refaire nos planchers deux mois auparavant. Ce n'était pas aussi dur que du ciment rapide, bien entendu. Mais la bonne nouvelle, c'est qu'on pouvait en appliquer autant de couches qu'on voulait. Plus il y en avait, mieux c'était. J'en ai appliqué six avant que maman vienne me chercher pour souper.

— Que fais-tu, Clarence? Qu'est-ce qu'il y a sur tes

vêtements?

L'état de mes vêtements est sa bête noire numéro deux (la première étant l'état de mes dents, bien sûr). Alors, pendant que mon chandail trempait dans du diluant à peinture et que mon pantalon subissait un cycle de lavage intensif dans la machine, elle m'a fait un discours sur « ce que ça coûte d'habiller un garçon de 12 ans par les temps qui courent ». Je ne savais pas qu'elle était si bonne en maths. Elle pouvait même calculer les taxes de vente.

Je n'avais plus qu'un seul recours : lui dire la vérité.

— Si je tue un autre bébé œuf, Mme Spiro a dit que je ne pourrais plus être journaliste.

Chère maman. Elle a eu pitié de moi.

— Bon, Clarence. Montre-moi donc mon petit-fils.

Nous sommes retournés dans le garage, où mon bébé œuf séchait sur une tablette.

Maman était stupéfaite.

— C'est un œuf, ça? On dirait une grenade! s'est-elle exclamée en le saisissant avec précaution. Pourquoi est-il si lourd?

— J'ai rempli l'intérieur de ciment, ai-je expliqué. Une fois sec, c'est plus dur que du béton, tu sais.

Ses lèvres ont frémi.

— Et comment s'appelle-t-il, celui-là?

J'ai réfléchi. Mes bonbons durs préférés sont les boules à la réglisse. Mais ce n'est pas une bonne idée de mentionner les boules magiques en présence de ma mère.

De plus, il n'y avait qu'un nom possible pour ce

Superman mutant noir.

— Maman, je te présente Cocozilla, le roi des bébés œufs.

Chapitre 14 ⦗⦗⦗⦗⦗

Le matin de la plus importante partie de la courte carrière des Flammes, le ciel était sombre et couvert.

Toute la saison avait mené à ce point culminant. Une seule place restait inoccupée au classement des séries d'après-saison. Après ce match, une équipe se rendrait en éliminatoires, alors que l'autre se concentrerait sur la saison suivante.

J'aurais dû être ravi. C'était une occasion digne de *Sports Mag*! Deux équipes qui s'affrontaient au cours du dernier match de la saison! Elles jouaient le tout pour le tout! Je n'aurais pas pu souhaiter mieux.

Mais cette rencontre avait un goût amer d'injustice. Ce tricheur de Stéphane Soutière était trop vieux de deux ans pour cette ligue, et avait quatre ans de plus que la plupart des Flammes. Même les Pingouins avaient été incapables de l'arrêter. Et comment l'auraient-ils pu? Ils avaient 12, 13 et 14 ans, comme nous. Un gars de 16 ans est pratiquement un adulte. C'est comme si un enfant jouait contre Eric Lindros ou Paul Kariya.

Si j'avais mis cette photocopie dans ma poche au lieu de la casserole, rien de tout cela n'importerait, parce que Soutière serait déjà parti. Je ne pouvais pas m'empêcher de penser que c'était ma faute si les Flammes n'avaient aucune chance ce jour-là.

Toutefois, la première chose à faire était de préparer un autre protecteur à bébé œuf. Cocozilla devait venir assister au match avec moi, et je ne voulais pas le mettre en danger. Les boîtes à chaussures sont trop fragiles; le bois brûle; nous connaissons tous le danger que présentent les casseroles; et les gilets pare-balles ne sont pas offerts en taille œuf.

J'ai trouvé l'objet idéal. Nous avions à la maison l'un de ces dictionnaires géants de deux mille pages. Il mesurait près de 30 cm et pesait une dizaine de kilos. À l'aide d'un couteau à bifteck, j'ai découpé un petit compartiment au centre des pages. J'y ai déposé Cocozilla. Parfait. Quand le dictionnaire était fermé, on ne pouvait pas deviner qu'il contenait autre chose que des mots.

J'ai trouvé une vieille ceinture de cuir que j'ai attachée solidement autour du dictionnaire. Maintenant, Cocozilla avait tout ce qu'il fallait : protection, sécurité et camouflage. C'était plus qu'un protecteur. C'était une forteresse à bébé œuf!

Seulement, c'était un peu lourd. C'est pourquoi je suis arrivé en retard au magasin d'aliments naturels.

— Où étais-tu, Tamia? a demandé Jonathan. La partie commence dans une demi-heure! Vite, dépêche-toi!

Les autres joueurs étaient aussi nerveux que lui. Kevin n'arrêtait pas de polir son rétroviseur. Jean-Philippe avait le visage plongé dans son chandail et discutait à voix basse avec Wendell. Benoît avait grugé la mentonnière de son casque. Marc-Antoine tremblait. Même Alexia, qui gardait généralement la tête froide, avait une mine pâle et sévère.

Si l'équipe était tendue, l'entraîneur, lui, vibrait comme une corde de violon. Il courait du magasin au camion, sa queue de cheval claquant au vent comme un drapeau. Ses yeux étaient encore plus protubérants que d'habitude pendant qu'il aboyait ses instructions aux joueurs :

— N'oubliez pas vos patentes! Avez-vous tous vos cossins? Le machin! Qui a le machin?

— Calme-toi, Boum Boum, a dit Mme Blouin. Tout est là. Allons-y.

Chère Mme Blouin! Même si elle n'avait pas retrouvé la forme, elle nous accompagnait pour nous soutenir durant ce match important. Bien sûr, il y avait une autre possibilité qu'un journaliste ne pouvait pas ignorer : peut-être était-elle là parce qu'elle savait que nous nous ferions écraser, et que ce serait notre dernière partie de l'année. Je n'ai rien dit aux autres joueurs. Ils étaient assez inquiets comme ça.

Cédric nous attendait au centre communautaire. L'équipe s'est dirigée vers le vestiaire.

À la porte, Boum Boum a mis la main sur mon épaule.

— Tamia, c'est un gros bidule, m'a-t-il dit. Pourquoi ne

nous laisses-tu pas seuls quelques gugusses avant que la patente commence?

— D'accord, monsieur Blouin.

L'équipe avait bien droit à un peu d'intimité avant un événement comme celui-là. Un journaliste doit respecter ça.

J'ai ouvert mon magnétophone et je me suis baladé dans la foule pour capter l'atmosphère de l'événement. Les gradins étaient déjà remplis. J'ai remarqué un grand nombre de boîtes à chaussures dispersées parmi les partisans de Mars. Même si les parents des Flammes devaient garder les bébés œufs, ils ne voulaient pas manquer ce match.

Les Matadors avaient aussi beaucoup de partisans. Ils attiraient des foules importantes depuis l'arrivée de vous-savez-qui. Ils s'attendaient à décrocher une place aux éliminatoires, et ils avaient probablement raison.

J'ai croisé Nico Guèvremont et d'autres joueurs des Matadors dans le hall. Ils n'étaient pas encore en uniforme. Ils devaient se dire que leur seule présence était suffisante pour remporter ce match.

Comme d'habitude, Nico faisait des blagues :

— Hé, Tamia! C'est pour quoi faire, ce dictionnaire? Chercher des mots entre les mises au jeu?

— Rappelle-moi de t'expliquer un jour ce que c'est! ai-je répliqué en riant. Tu ne me croiras pas!

Tout à coup, j'ai figé sur place. Debout devant moi se trouvait Stéphane Soutière lui-même. Il n'avait pas l'air content de me voir. Il savait que je savais.

Il a dit, d'un ton précipité :

— Venez, les gars. Allons dans le vestiaire!

Le hall était si bondé qu'il a été retardé quelques instants. J'ai aperçu son t-shirt sous son manteau entrouvert. Il y était écrit :

École élémentaire du comté
Remise des diplômes
20 juin 2004

La signature de chaque élève était reproduite dessous. J'ai pu lire distinctement : Stéphane Soutière.

Mon cœur battait à tout rompre. Je n'avais pas besoin de son dossier pour prouver qu'il était trop vieux. Ce crétin était assez idiot pour avoir lui-même apporté une preuve et l'avoir affichée sur sa poitrine! S'il avait terminé sa sixième année trois ans plus tôt, il était donc bel et bien en neuvième année!

Il fallait que je trouve M. Fréchette. Il n'était pas dans le bureau, mais je l'ai aperçu qui se dirigeait vers les gradins avec d'autres officiels de la ligue.

— Monsieur Fréchette! Monsieur Fréchette! Venez vite!

Le président de la ligue s'est tourné vers moi. Il a froncé les sourcils. Quand cet homme me regarde, il ne voit pas un journaliste avec des nouvelles importantes. Il voit un Martien.

— Le match est sur le point de commencer, m'a-t-il dit d'un ton sec.

— C'est au sujet du match, justement! ai-je insisté. Ce n'est pas juste! Les Matadors...

— Écris-moi une lettre, m'a-t-il interrompu. Tout doit être mis par écrit. C'est la politique de la ligue.

Puis il m'a tourné le dos et s'est dirigé vers son siège.

— Stéphane Soutière a 16 ans! ai-je crié.

Mais mes paroles se sont noyées dans le brouhaha.

Il n'y a pas de sentiment plus terrible que de ne pas obtenir justice quand on est convaincu d'avoir raison.

J'ai couru à la table du pointeur officiel.

— David! Je suis content que tu sois là! Tu dois faire une annonce pour moi.

— Fiche le camp, Tamia! m'a-t-il dit en me foudroyant du regard. Tu m'as causé assez d'ennuis la semaine dernière.

— Mais c'est urgent! l'ai-je supplié. Tiens, donne-moi le micro. Je vais le faire moi-même.

— Pas question! a-t-il protesté, furieux. Je vais me faire renvoyer si je te laisse approcher du système de sonorisation.

— Ah, zut!

En me servant de mon dictionnaire comme bouclier, j'ai plongé parmi les spectateurs pour me frayer un chemin jusqu'au vestiaire des Flammes. Je sais, l'entraîneur m'avait demandé de les laisser seuls, mais l'enjeu était trop considérable.

Je suis entré en trombe et me suis écrié :

— J'ai une autre preuve que Soutière est trop vieux!

Jonathan s'est levé d'un bond.

— Une preuve? a-t-il répété. Où ça?

— Sur lui! ai-je répondu en décrivant son t-shirt. Tout ce qu'on a à faire, c'est de le montrer à l'arbitre.

Boum Boum a secoué la tête :

— Ça ne marchera pas. Le seul truc que je peux contester pour un avant de l'équipe adverse, c'est son bidule.

— Son bâton, a traduit Cédric. C'est dans le règlement. On ne peut pas demander à l'arbitre de regarder sous son chandail.

J'ai réfléchi.

— Je sais. L'un d'entre vous pourrait lui enlever son chandail pour que l'arbitre puisse voir son t-shirt!

— Pas question! a protesté l'entraîneur, horrifié. Ça aurait l'air d'une bébelle!

— D'une bataille, a expliqué Cédric. Lorsqu'un joueur se fait prendre en train de se battre, il est non seulement renvoyé du match, mais de la ligue. Et pour toujours!

Alexia a pris la parole :

— Je sais que tu veux nous aider, Tamia, mais ça ne marchera pas.

Boum Boum m'a ébouriffé les cheveux.

— Merci quand même, le jeune.

J'étais anéanti. Terrassé. Aussi bien admettre que la justice n'existe pas et que le crime paie!

— Alors, *moi*, je vais le faire, ai-je soudain déclaré.

— Toi? se sont exclamés la moitié des joueurs.

— Pourquoi pas? Je vais enfiler l'uniforme de rechange, louer des patins, emprunter de l'équipement, et voilà!

— Mais tu sais à peine patiner! a protesté Carlos.

— Je ne vais pas jouer durant tout le match, ai-je répliqué. Je vais aller sur la glace, ils vont laisser tomber la rondelle, puis je vais lui enlever son chandail! Peu importe s'ils me renvoient de la ligue! Je n'en ai jamais fait partie!

— C'est justement ça, le problème, a dit Jonathan. Tu ne fais pas partie des Flammes. Cela te rend aussi illégal que Soutière.

— C'est faux, a dit Boum Boum d'un air songeur. Quand j'ai rempli les formulaires pour commanditer la patente, j'avais peur que la ligue dise qu'on n'avait pas assez de gugusses. Alors, j'ai inscrit tous les garçons de Mars qui avaient l'âge requis.

Il a cherché parmi les feuilles de sa planchette à pince et a sorti la liste des joueurs qu'il avait choisis, avant la saison, pour faire partie de son équipe. Nos deux capitaines, Alexia et Cédric, n'y figuraient même pas à ce moment-là. Mais mon nom y était, tout en haut de la page : Aubin, Clarence.

Je me suis tourné vers Boum Boum :

— Laissez-moi essayer! C'est notre seule chance!

Ses yeux de mante religieuse ont tourné dans leurs orbites pendant qu'il réfléchissait. Puis il m'a dit :

— Prépare-toi!

Chapitre 15 ⎸⎸⎸⎸⎸

Si j'avais peur? J'étais convaincu que j'allais mourir!

D'abord, si j'avais voulu être un joueur de hockey, je ne serais jamais devenu journaliste. Ensuite, Stéphane Soutière avait quatre ans de plus que moi. Quand je tenterais de lui enlever son chandail, il voudrait sûrement m'arracher la tête.

Cédric pensait la même chose.

— N'essaie pas d'être un héros, Tamia, m'a-t-il conseillé pendant la période d'échauffement. Fais ce que tu as à faire, puis couche-toi sur la glace. On s'occupera d'appeler l'arbitre.

— Bonne idée, ai-je dit. Écoute, Cédric. J'ai laissé Cocozilla sous le banc. Je devrais sortir après quelques secondes de jeu. Mais juste au cas où Mme Spiro en entendrait parler, c'est toi qui as gardé mon œuf, d'accord?

— Pas de problème, a-t-il dit en souriant. Avec ce que tu es prêt à faire pour nous, toute l'équipe serait ravie de signer pour toi.

Un murmure s'est élevé parmi les partisans de Mars. Ils devaient se demander qui était ce nouveau joueur. Tous les autres portaient leur nom sur leur chandail, alors que moi, le numéro 13, j'étais un inconnu.

L'arbitre a sifflé pour appeler les équipes au centre. C'était le moment!

Je me suis arrangé pour être près de Stéphane Soutière. J'ai presque avalé mon protège-dents quand il a pris position de l'autre côté du point de mise au jeu. Il n'était pas grand, mais moi, je suis pas mal petit. Et certaines parties de son corps me paraissaient énormes! Mes deux pieds auraient pu entrer dans l'un de ses patins. Sa tête était deux fois plus grosse que la mienne! Une idée ridicule m'a traversé l'esprit : j'avais abandonné les bonbons durs pour rien. Parce que si ce gars me cassait les dents, les caries n'auraient plus aucune importance.

Puis la rondelle est tombée.

J'ai lâché mon bâton et j'ai tendu la main vers le chandail de Soutière. Mais il n'y avait pas de chandail. Il n'y avait pas de Soutière. Il avait déjà traversé la ligne bleue.

— Bloquez-le! a crié Boum Boum du banc.

Benoît est arrivé d'un côté, et Kevin a reculé de l'autre.

Bang!

Soutière a freiné et nos joueurs se sont plaqués l'un et l'autre.

Boum!

Alexia a enfoncé son épaule dans les côtes de Soutière. Il s'est débarrassé d'elle et a continué de patiner. Cédric a tenté sa chance de l'autre côté, mais n'a pas réussi à l'arrêter. Soutière a foncé sur Jonathan et effectué un lancer du poignet qui a projeté la rondelle par-dessus l'épaule du gardien. Déjà 1 à 0 pour les Matadors.

Quand tous les joueurs sont revenus au cercle de mise au jeu, je n'avais toujours pas réussi à ramasser mon bâton sur la glace. C'est presque impossible avec ces gros gants, vous savez.

— Ce ne sera pas aussi facile que je pensais, ai-je chuchoté à Alexia.

Elle m'a répondu d'une voix si basse que je n'ai rien compris.

Mise au jeu!

Cette fois, je n'ai pas lâché mon bâton. J'ai simplement saisi une poignée de tissu et serré de toutes mes forces. Puis j'ai réussi à agripper un autre coin du chandail de l'autre main. J'étais sur le point de le lui enlever quand j'ai remarqué que je prenais de la vitesse.

Je ne blague pas – il m'a traîné du centre de la glace jusqu'à la pièce chanceuse de Carlos, où je suis finalement tombé. J'étais donc aux premières loges (le nez dans l'enclave du gardien) pour voir le deuxième but de la journée. D'abord une superbe feinte, puis un lancer levé qui a déjoué Jonathan du côté du bâton.

Quand je me suis relevé, l'arbitre m'a pointé du doigt.

— Numéro 13, deux minutes pour avoir retenu

l'adversaire.

— Je ne l'ai pas retenu! ai-je protesté. Je m'accrochais pour ne pas tomber. Si j'avais lâché prise, je me serais retrouvé dans le stationnement, enroulé autour d'un lampadaire!

Il m'a donné deux minutes de plus pour conduite non sportive. Un journaliste est censé remettre les choses en question, alors qu'un joueur de hockey doit garder le silence.

Boum Boum s'est approché du banc des punitions.

— As-tu changé d'idée, Tamia? m'a-t-il demandé d'un air inquiet.

J'ai regardé ce tricheur de Soutière, qui acceptait les félicitations de ses coéquipiers. Je me suis redressé.

— Bien sûr que non! ai-je déclaré. Je vais réussir, c'est promis!

Entre-temps, les Flammes avaient une double punition à écouler. Cédric a remporté la mise au jeu et envoyé la rondelle à Benoît. Ce dernier a fait une passe à Kevin, qui a renvoyé la rondelle à Alexia.

Tout à coup, j'ai compris. L'entraîneur devait avoir jugé qu'il n'y avait pas moyen d'arrêter Soutière. La seule tactique possible était de l'empêcher de s'approcher de la rondelle.

Finalement, le trio de Soutière est retourné sur le banc, et la deuxième ligne d'attaque est arrivée sur la glace. On a aussitôt vu la différence. Sans Soutière, les Matadors étaient faibles. Cédric, Alexia et les autres ont pu prendre un repos bien mérité. Notre deuxième trio est arrivé pour écouler ce qui restait de mes quatre minutes.

Soutière est revenu sur la glace juste avant que ma pénalité prenne fin. Boum Boum a aussitôt renvoyé Alexia sur la glace. La rondelle était dans notre zone. Alexia et Carlos se sont attaqués à Soutière dans le coin. Ces deux-là n'ont pas peur d'aller dans les coins de la patinoire, mais Soutière était si fort qu'il a fallu l'aide de Jean-Philippe, et finalement de Cédric, pour sortir la rondelle de notre zone.

Le chronométreur m'a tapé sur l'épaule :

— Ta pénalité est terminée.

Je suis revenu sur la glace juste au moment où la rondelle rebondissait par-dessus la ligne bleue. Elle a atterri en plein sur la lame de mon bâton.

D'accord, je n'étais là que pour déshabiller Stéphane Soutière. Mais je ne pouvais pas laisser passer l'occasion de faire une échappée.

Je suis parti à une vitesse record, le cœur battant et le coup de patin énergique. Mais je me suis aperçu que ma vitesse record n'était pas si rapide que ça. En fait, j'étais totalement épuisé en arrivant à la ligne bleue adverse. Mais j'ai continué, hors d'haleine et les jambes molles. Je ne sais pas comment je m'étais débrouillé, mais j'avais toujours la rondelle avec moi.

Puis j'ai entendu Boum Boum crier :

— *Attention!*

C'est alors que Soutière est arrivé derrière moi. Incroyable! Ce gars-là avait traversé toute la patinoire en moins de temps qu'il m'avait fallu pour franchir sept mètres.

Il a harponné la rondelle comme si je n'étais pas là. Elle a roulé jusqu'au gardien des Matadors, qui s'est aussitôt préparé à la dégager.

Tout à coup, je me suis rendu compte que j'étais à côté de Soutière. Je me suis tourné vers lui et j'ai commencé à tirer sur son chandail.

Le gardien a raté sa passe de dégagement. Cédric a bloqué la rondelle avec son corps juste à l'intérieur de la ligne bleue, puis a effectué un lancer frappé percutant.

— *Aïe!* me suis-je écrié.

Son tir foudroyant a heurté le fond de ma culotte de hockey, avant de continuer sa course jusque dans le filet des Matadors.

Chapitre 16 ||||||

Les partisans de Mars étaient fous de joie, tout comme les Flammes. Ils m'assenaient des claques dans le dos et me félicitaient. C'est alors que j'ai compris : comme la rondelle avait rebondi sur moi, j'avais marqué un but!

— Bravo, Tamia! a lancé Carlos. C'est ce que j'appelle se servir de sa tête!

— Je n'ai pas marqué avec ma tête, ai-je tenté d'expliquer, mais plutôt avec...

— On a vu ça, m'a interrompu Boum Boum. Avec ton bidule!

C'est ça. Et mon bidule était encore douloureux.

Vous vous attendez probablement à ce que je vous dise que nous avons trouvé un moyen d'arrêter Stéphane Soutière. Oubliez ça. Personne de notre âge ne peut arrêter Stéphane Soutière. Pas même avec un champ de force comme celui du vaisseau de *Star Trek*.

Au cours de la première période, les Matadors ont

effectué 20 tirs au but, dont 18 venaient de Soutière. Jonathan a réussi quelques arrêts impressionnants, mais Soutière a exécuté un lancer frappé si puissant que Jonathan ne l'a même pas vu. C'était peut-être mieux ainsi. Si notre gardien avait tenté de la bloquer, la rondelle lui aurait traversé le corps! Les Matadors menaient 3 à 1 à la première pause.

Ma tâche – soulever le t-shirt de Soutière et révéler son âge à l'arbitre – était pratiquement impossible. La plupart du temps, j'avais l'impression d'être en train de pédaler sur un tricycle pour rattraper une Corvette.

À la deuxième période, Boum Boum a dit qu'il m'accorderait une dernière chance.

— Désolé, Tamia, m'a-t-il dit. On ne peut pas gaspiller toute la patente à essayer un truc qui ne fonctionne pas.

— Ça va, monsieur Blouin, je comprends, ai-je répondu.

Je comprenais. Mais j'étais accablé.

J'ai pourchassé Soutière sur toute la patinoire avant de réussir à m'entortiller dans son chandail, juste à l'extérieur de la zone de but des Matadors. Alexia s'est libérée d'un adversaire pour effectuer un solide lancer du poignet.

Poc!

— Ouf!

La rondelle a frappé le poteau, ricoché sur mon ventre et roulé entre les jambes du gardien.

C'est comme ça que j'ai obtenu mon deuxième but. Ainsi qu'un bleu assorti à celui de mon bidule.

Boum Boum riait quand je suis revenu sur le banc.

— Je ne peux pas te retirer! Tu es notre meilleur marqueur!

— Sais-tu pourquoi? m'a demandé Carlos. C'est à cause de ma pièce chanceuse. Tu étais en plein dessus quand tu as marqué.

Cédric était enthousiaste :

— Je ne sais pas ce qui se passe, mais on s'en sort plutôt bien! Si on continue à les talonner, peut-être qu'on aura notre chance.

— Je sais ce qui pourrait nous donner l'avantage! s'est exclamé Jean-Philippe en montant sur le banc pour faire face à la foule. La vague! Faites la vague! répétait-il en faisant une démonstration.

Pour toute réponse, il a obtenu des regards curieux, mais pas de vague.

— On n'aura pas besoin de la vague, l'ai-je assuré. Je vais démasquer cet imposteur devant tout le monde!

Mais c'était une promesse en l'air. Je ne réussissais pas à m'approcher de Stéphane Soutière, pas plus que les autres joueurs des Flammes. Ce type pouvait exécuter toutes les figures possibles à l'exception du huit. Pour le seul but qu'il n'a pas marqué lui-même, il avait si bien préparé le terrain que Nico n'aurait pas pu le manquer à moins d'être endormi. En moins de temps qu'il ne faut pour le dire, le pointage était de 5 à 2.

Puis, miracle suprême, les Flammes ont eu l'avantage numérique. Pour écouler la pénalité, Soutière a dû s'intégrer à une formation en carré. Je savais que je ne retrouverais pas une meilleure occasion. J'ai saisi deux poignées de chandail et levé de toutes mes forces. Je ne sais trop comment, mais ma tête a abouti sous son chandail.

— C'est quoi ton problème, le jeune? Es-tu fou? a grommelé sa voix, étouffée par le tissu.

Ce que je ne voyais pas, c'était que Kevin s'était lancé dans une attaque à reculons à partir de la pointe.

Boum!

Il nous a foncé dessus. Soutière a à peine bougé, mais je suis tombé comme une roche. Lorsque je me suis écrasé le nez sur la glace, la partie inférieure de mon masque a heurté le bord de la rondelle. Elle a rebondi dans les airs et s'est envolée en tournoyant vers le filet.

Le compte : 5 à 3 pour les Matadors.

Durant la deuxième pause, j'ai demandé à Kevin dans le vestiaire :

— Tu ne regardes jamais dans ton rétroviseur? J'avais presque enlevé son chandail quand tu nous as heurtés! Tu as tout gâché!

— Mais tu as marqué un but! a dit Kevin d'un ton surpris. Tu as réussi un tour du chapeau!

— On va réussir encore plus de buts quand ce tricheur sera parti! ai-je répliqué, furieux.

Je l'admets. Je m'étais pris au jeu. Mais j'avais encore assez de curiosité journalistique pour prêter l'oreille au discours qu'a fait l'entraîneur Wong à ses joueurs, au début de la troisième période. Il a parlé de coopération, de travail d'équipe et de l'importance de jouer tous ensemble.

Mais une fois que les joueurs sont arrivés sur la glace, Nico a tapé sur l'épaulière de Soutière.

— Toute l'équipe se voit déjà aux éliminatoires! Vas-y et gagne-nous ça!

Soutière s'est éloigné en souriant.

Je ne vais pas tenter de minimiser ce qui s'est passé : il nous a terrassés. Imaginez-le en train de filer sur la glace, deux ou trois plaqueurs accrochés à son équipement. Nous n'étions ni assez forts ni assez habiles. Et nous n'étions certainement pas assez vieux.

Vers la moitié de la période, il a marqué deux autres buts, portant le pointage à 7 à 3. Le dernier but était le lancer frappé le plus foudroyant que j'aie jamais vu. Jonathan l'a attrapé avec son gant, mais l'impulsion de la rondelle était telle qu'elle a entraîné sa main vers l'arrière, au-delà de la ligne de but. Soutière avait déjà égalé son propre record de buts dans un match, et il était sur le point de le dépasser.

— Faites la vague! a hurlé Jean-Philippe aux spectateurs. Vous ne voyez pas qu'on en a besoin?

Mais moi, j'avais un autre plan. Je ne réussirais jamais à passer le chandail de Soutière par-dessus sa tête. Alors, j'avais décidé de le déchirer, tout simplement. Et comme Soutière était toujours au cœur de l'action, c'est là que je suis allé.

C'est probablement pourquoi le tir de Benoît à partir de la pointe a ricoché sur mon coude avant d'aboutir dans le filet. J'en ai gardé une vilaine égratignure. Et c'est aussi pourquoi le tir raté de Carlos, qui venait de contourner le filet, m'a atteint au genou avant de dévier dans le but. Résultat : une grosse bosse douloureuse.

Il ne restait qu'une minute de jeu quand j'ai essayé de déchirer le chandail de Soutière. C'est alors qu'un lancer frappé cinglant m'a heurté les chevilles. Le compte est passé à 7 à 6, et j'étais complètement couvert de bleus.

Les spectateurs étaient survoltés. La moitié applaudissait pendant que l'autre moitié riait à gorge déployée. Imaginez : j'avais six buts à mon actif, sans que la rondelle ait été en contact avec mon bâton! Mes nombreuses blessures pouvaient en témoigner!

Les Matadors ont demandé un temps d'arrêt et se sont rassemblés près de leur banc. J'ai tendu mon oreille de reporter.

— C'est le p'tit gars, monsieur Wong! s'est plaint Soutière. Le numéro 13! Il faut trouver une façon de l'arrêter!

— Tu veux rire? s'est exclamé l'entraîneur. C'est le pire joueur que j'aie jamais vu! Il tient à peine sur ses patins!

— Il fait semblant! a protesté Soutière. C'est un fraudeur! Personne ne peut être aussi mauvais!

Alexia avait entendu. Elle m'a chuchoté en souriant :

— Ne sois pas insulté, Tamia. Nous, on le sait que tu es vraiment mauvais.

Boum Boum a encore roulé ses yeux de mante religieuse. Mais il ne savait pas quel conseil nous donner dans une situation pareille. Après tout, que voulez-vous dire à une équipe qui a marqué six buts, et tous par erreur?

— Tamia, a-t-il fini par dire, continue à faire les mêmes cossins.

— Mais je n'ai pas fait de cossins! ai-je riposté.

— Exactement, a-t-il déclaré d'un air satisfait.

Au même moment, l'arbitre nous a rappelés sur la glace.

— Qu'est-ce qu'il voulait dire? ai-je demandé à mes coéquipiers en me mettant en place pour la mise au jeu.

Personne ne m'a répondu. En fait, l'aréna tout entier était silencieux. Il restait 58 secondes de jeu. Il ne nous fallait plus qu'un but pour rejoindre les Matadors. La huitième place n'était toujours pas acquise. C'était le moment ou jamais. L'instant critique. La plupart des journalistes ne peuvent que rapporter un pareil événement. Alors que moi, j'étais au beau milieu de l'action.

Je n'oublierai jamais cette sensation!

Cédric était la concentration incarnée quand il a pris position face à Stéphane Soutière. Mais les yeux du grand de 16 ans étaient posés sur moi.

—Tu es bon, le p'tit, a-t-il dit de sa grosse voix de policier. Mais je suis meilleur que toi.

Cédric et Alexia lui ont ri au nez.

— Qu'est-ce qu'il y a de si drôle? a lancé Soutière, furieux.

— Tamia va t'avoir! s'est moquée Alexia.

— Tu n'as aucune chance contre lui! a renchéri Cédric.

— Êtes-vous fous? ai-je sifflé. Qu'est-ce que vous faites?

— Tamia? a répété Soutière en regardant fixement mon masque. Je te reconnais! Tu es ce jeune journaliste qui me suit partout. Qu'est-ce que tu me veux?

— Eh bien, pour commencer, tu devrais jouer contre des gars de ton âge... ai-je commencé d'un ton fâché.

— Hé! nous a interrompus l'arbitre. Arrêtez ça, vous deux!

Il était évident que Soutière était énervé, parce qu'il a raté la mise au jeu. Cédric, plus rapide, s'est emparé de la rondelle. Il a dévalé le couloir central et expédié la rondelle dans la zone adverse. Les deux équipes se sont lancées à sa poursuite. Quant à moi, je me suis lancé à la poursuite de Soutière.

— Plus que 50 secondes! a crié Boum Boum du banc.

Un défenseur des Matadors a saisi la rondelle dans le coin, mais Alexia l'a plaqué avec l'épaule. Elle a fait une passe à Kevin, qui a fait un lancer à partir de la pointe.

Le gardien a réagi par un arrêt rapide avec son bâton. Benoît s'est jeté sur le rebond et effectué un lancer frappé court. Un autre arrêt!

Une foule de bâtons se sont entrechoqués autour de la rondelle. Pourquoi Soutière ne tentait-il pas de s'emparer de ces rebonds? Au fait, où était-il passé?

J'ai aperçu un éclair bleu par-dessus mon épaule. C'était le chandail de Soutière. Il me talonnait! Il pensait que j'étais bon!

— Je suis pourri! ai-je crié en me tournant pour agripper son chandail.

J'ai perdu l'équilibre et je suis tombé en pleine figure. Étourdi, je me suis relevé tant bien que mal.

— Tu vois? ai-je dit.

Nico était en possession de la rondelle, mais Cédric l'a adroitement harponnée. Il a levé son bâton pour frapper.

La voix tonitruante de Boum Boum nous est parvenue du banc :

— Envoie la gugusse à Tamia!

— *Quoi?*

Ce cri ne venait pas seulement de moi, mais de toute notre équipe et de la moitié des Matadors.

— Envoie-la à Tamia! a-t-il répété.

Alors, Cédric Rougeau – mon coéquipier, mon ami – a pivoté et fait un lancer frappé fulgurant dans ma direction. Je me suis penché pour l'esquiver.

Bing!

La rondelle a percuté mon masque. Je suis encore étonné que la vibration n'ait pas délogé toutes mes dents. Mais la rondelle n'a pas rebondi. Elle est restée coincée entre les mailles de mon grillage!

Elle me bloquait entièrement la vue. J'étais soudainement aveugle.

— Plaquons-le! a hurlé Stéphane Soutière.

Pour me plaquer, il m'a plaqué. Imaginez : Stéphane Soutière, 16 ans, fonçant sur Tamia Aubin, à peine 12 ans et loin d'être un vrai joueur. C'était la reine des mises en échec.

Boum!

J'ai eu l'impression de me faire frapper par un train express. Tous les petits bobos causés par mes six buts se sont fusionnés dans une unique douleur atroce. Le coup était si rude que ma tête a été rejetée en arrière. La collision a dégagé la rondelle de mon masque… et celle-ci a bondi entre la jambe tendue du gardien et son gant pour atterrir dans le filet.

— Ouille!

Ce poteau était vraiment dur! J'ai titubé jusque dans les bras de Cédric. J'étais furieux.

— Tu l'as fait exprès! lui ai-je lancé.

— Génial, Tamia! Tu as égalisé la marque! a-t-il crié, fou de joie.

Les partisans de Mars criaient si fort que j'ai cru que le plafond allait nous tomber dessus. Kevin a fait un saut vers l'arrière et nous a renversés comme des quilles. Benoît s'est ajouté au tas de joueurs empilés.

La voix de David a résonné dans les haut-parleurs :

— Mesdames et messieurs, vous venez d'assister à un moment historique. Tamia Aubin a marqué sept buts en un seul match... et le casse-croûte va fermer dans cinq minutes.

On a entendu plus de rires que d'acclamations, mais c'était tout de même un grand moment. Le plus important, c'était que nous avions toujours une chance d'aller en séries. Les Flammes et les Matadors étaient à 29 secondes d'une prolongation!

L'entraîneur Blouin m'a rappelé au banc et a envoyé Marc-Antoine écouler le temps qui restait. Carlos, qui tripotait sa bretelle déchirée, m'a tapé dans le dos en s'exclamant :

— Super, Tamia!

— Hé, ça fait mal! ai-je protesté. J'ai reçu une rondelle à

cet endroit, tu sais!

— Tu as reçu une rondelle partout! s'est esclaffé Carlos, avant de se tourner vers Boum Boum. Savez-vous comment je pourrais réparer cette bretelle?

L'entraîneur était trop pris par le match pour s'occuper de problèmes d'équipement.

— On a la patente! a-t-il soudain déclaré.

Les joueurs l'ont regardé d'un air perplexe.

— La stratégie? a demandé Cédric.

— La vague? a suggéré Jean-Philippe.

Boum Boum a secoué la tête.

— Non, le machin-truc! Vous savez, l'affaire!

— L'esprit d'équipe? a proposé Alexia.

— L'avantage? ai-je tenté à mon tour.

— C'est ça! a dit l'entraîneur en claquant des doigts. Rappelez-vous, on les devançait d'un demi-match dans le classement. En prolongation, qu'on obtienne une victoire ou un match nul, on aura notre place aux éliminatoires! Ces zigotos devront nous battre pour accéder aux séries!

Nous nous sommes redressés. Sur la glace, les lames des patins de nos joueurs semblaient un peu plus étincelantes. On pouvait sentir l'espoir qui renaissait. Était-ce enfin la lumière au bout de ce long tunnel?

Puis tout s'est assombri.

Cédric a perdu la mise au jeu. Alexia a échappé son bâton. Le patin de Marc-Antoine s'est délacé. Et, pour une raison obscure, Benoît est parti à reculons pendant que Kevin s'élançait vers l'avant. Tous deux sont tombés.

Les Flammes et leurs partisans ont regardé, angoissés, Soutière qui se ruait vers notre filet. Le pauvre Jonathan tremblait tellement que je pouvais entendre son bâton jouer des castagnettes contre la glace.

Et voilà. C'était la fin de la plus belle histoire d'équipe Cendrillon de tous les temps. Je n'ai pas pu m'en empêcher. J'ai exprimé ma frustration en hurlant :

— *Noooon!*

Juste à l'extérieur de la zone de but, Soutière a amorcé sa feinte. Soudain, ses patins se sont dérobés sous lui. Le grand Stéphane Soutière, le meilleur patineur de la ligue, s'est affalé de tout son long sur le dos. La rondelle a glissé derrière le filet.

J'ai cru que Boum Boum allait défoncer le plafond.

— Il a trébuché! s'est-il écrié d'un air surpris.

— Il a trébuché sur rien du tout! ai-je ajouté, le souffle coupé.

Carlos a laissé tomber la ceinture qu'il utilisait pour réparer sa bretelle. Il a regardé l'endroit où Soutière était tombé.

— Ce n'était pas rien, a-t-il rectifié d'un air bouleversé. Il a trébuché sur ma *pièce chanceuse*!

Jean-Philippe a grimpé sur le banc.

— Il est temps de faire la vague! La vague!

Lorsqu'il s'est penché pour faire une démonstration à la foule, un petit objet vert est tombé de l'encolure de son chandail et a roulé le long des gradins.

Il a écarquillé les yeux, horrifié.

— Wendell! a-t-il lancé d'une voix rauque, en agitant les bras dans les airs.

Ce geste a attiré l'attention de M. Gauvreau, assis plus haut.

— Hé! s'est-il exclamé en désignant Jean-Philippe. Il veut qu'on fasse la vague!

Quelques parents ont compris le message. Ils se sont mis debout en levant les bras.

— On fait la vague!

— Non! a hurlé Jean-Philippe. Ne faites pas la vague! Pas maintenant! Vous allez écraser Wendell!

Mais le mouvement se répandait dans la foule. D'abord les partisans des Flammes, puis ceux des Matadors, se sont levés en cadence. Leurs bras montaient et baissaient au rythme de la vague, tout autour de l'aréna.

— Arrêtez! les a suppliés Jean-Philippe. Regardez où vous mettez les pieds! Aaaah!

Il a bondi du banc jusqu'aux gradins. Il s'est mis à ramper à la recherche de son bébé œuf égaré, ignorant les coups de pied et de coude de la foule qui continuait de faire la vague.

— Jean-Philippe! a aboyé l'entraîneur. Reviens sur le cossin!

Mais il n'avait pas le temps de rattraper son ailier vagabond. Il restait 18 secondes de jeu.

Alexia s'est précipitée vers la rondelle dans le coin. Nico la suivait de près. Alexia a pris son élan pour frapper la rondelle, mais le bâton de Nico a gêné son mouvement.

La passe de dégagement est montée en flèche vers les lumières de l'aréna.

Il y a eu une ruée vers la zone neutre. Dix joueurs se sont bousculés pour prendre position, essayant de deviner où la rondelle retomberait.

Au milieu de tout ça, j'ai soudain eu une terrible révélation : la ceinture que Carlos utilisait pour réparer sa bretelle... *était celle qui était censé entourer le dictionnaire de Cocozilla!*

Chapitre 18

J'ai aussitôt regardé sous le banc où j'avais laissé ma forteresse à bébé œuf. Le cœur serré, j'ai constaté qu'elle n'était plus là.

Puis j'ai entendu la voix de Boum Boum :

— Quelle sorte de zèbre apporte un trucmuche à un match de hockey?

Je l'ai fixé des yeux, horrifié. Il avait mon dictionnaire dans les mains.

— Non! me suis-je écrié.

Mais il était trop tard. Le livre s'est ouvert et Cocozilla est tombé par-dessus la bande.

Les yeux de l'entraîneur se sont écarquillés.

— Qu'est-ce que c'est que ce truc?

— *Mon bébé œuf!*

Au même moment, la passe de dégagement d'Alexia a atterri sur la glace. *Deux* objets ronds et noirs se détachaient maintenant sur la blancheur de la glace, dans la zone neutre.

Il y a eu une fraction de seconde de silence stupéfait. Puis... la ruée!

Après de multiples coups de bâton, de patin et d'épaule, Cédric a remporté la lutte pour l'une des rondelles, pendant que Soutière s'emparait de l'autre. Les deux joueurs ont filé vers le filet de l'adversaire.

— Ne frappez pas! ai-je hurlé. L'un de vous a Cocozilla!

Mais je savais qu'ils n'avaient pas le choix. Il restait trois secondes de jeu.

Comme deux images inversées, Cédric et Soutière ont levé leur bâton.

Toc! Toc!

Le lancer frappé de Cédric est passé en sifflant entre les jambes du gardien des Matadors. Mais celui de Soutière était un véritable missile. Il a carrément déchiré le filet derrière Jonathan, avant de fracasser le plexiglas de la bande.

Les deux lumières rouges se sont allumées. Je n'en croyais pas mes yeux! Même *Sports Mag* n'avait jamais eu un reportage aussi extraordinaire! Deux buts en même temps!

La question était de savoir qui avait marqué avec la *vraie* rondelle.

J'étais déchiré. D'un côté, je priais pour que le but de Cédric soit le bon. Cela nous donnerait une victoire de 8 à 7, ainsi qu'une place aux éliminatoires. Mais cela signifierait aussi que le pauvre Cocozilla avait traversé un panneau de plexiglas de 2 cm. Aucun bébé œuf, pas même Cocozilla, ne pouvait survivre à une collision pareille.

Pendant que les deux équipes célébraient chacune leur victoire, je me suis précipité vers le filet des Flammes. Jonathan avait relevé son masque, révélant son expression déroutée.

— Qu'est-ce qui s'est passé, Tamia?

— Il y avait deux rondelles! me suis-je écrié. Heu, en fait, seulement *une* vraie...

C'était trop difficile à expliquer.

J'ai contourné le filet déchiré. Le panneau de plexiglas s'était volatilisé.

— Ça aurait pu être ma tête! s'est exclamé Jonathan, bouleversé.

J'ai jeté un regard par-dessus la bande... et mes yeux se sont agrandis. Là, dans l'ombre de la surfaceuse, se trouvait un objet noir, rond...

— Cocozilla! ai-je crié, fou de joie.

Il était sain et sauf! Incroyable! Ce bébé œuf avait cassé du plexiglas incassable! Il avait cabossé la surfaceuse! Et il n'avait pas une seule égratignure!

L'étiquette ne mentait pas en qualifiant le ciment de produit miracle! C'était, en effet, un véritable miracle!

— Jonathan! ai-je hurlé. On a gagné!

L'équipe des Flammes – la risée de la ligue, la bande d'indésirables, l'équipe Cendrillon de Mars – allait jouer dans les séries éliminatoires contre les meilleures équipes de Bellerive!

L'arbitre a retiré la véritable rondelle du filet des Matadors. Il a levé le bras pour signaler un but pour les Flammes.

Je n'ai pas pu contenir ma joie. Laissez-moi vous dire que je criais à pleins poumons!

— *On a réussi! C'était le plus incroyable, fantastique, merveilleux, formidable...*

J'ai soudain remarqué que nous n'étions pas seuls derrière le filet. Stéphane Soutière était là, en train de nous observer.

— Le jeune, m'a-t-il dit, tu patines mal. Tu ne conserves pas ta position. Tu ne sais pas te servir de ton bâton. Mais tu es toujours au bon endroit pour créer des jeux spectaculaires. Je n'ai jamais vu un instinct pareil pour la rondelle. Je savais ce que tu voulais faire, mais je n'arrivais pas à t'en empêcher.

Il m'a tendu la main. Je l'ai serrée.

— Tu n'es pas mal non plus, ai-je répliqué.

Soudain, je me suis souvenu d'une tradition du hockey olympique : en signe de respect, les joueurs échangent des souvenirs après une chaude lutte.

— Hé, je sais! me suis-je exclamé. Si on échangeait nos chandails?

J'ai enlevé mon chandail des Flammes et le lui ai tendu.

— D'accord! a-t-il répondu.

Mais aussitôt qu'il a passé son chandail par-dessus sa tête, je me suis mis à crier :

— Hé, l'arbitre! Venez ici!

Quand l'officiel s'est approché, j'ai désigné le t-shirt de Soutière.

— Regardez ça! S'il était en sixième année il y a trois ans, ça veut dire qu'il est en neuvième année maintenant! Il est trop vieux pour jouer dans cette ligue!

Soutière m'a fusillé du regard.

— Es-tu fou? s'est-il écrié. Vous avez gagné! La saison est terminée! À quoi ça sert de me faire renvoyer maintenant?

— À dévoiler la vérité, ai-je riposté d'un ton satisfait. Il n'y a rien de plus important pour un journaliste.

L'arbitre s'est adressé à Soutière :

— Alors, mon gars, explique-toi! Est-ce que ce t-shirt veut dire ce que je pense?

Évidemment, Soutière a tenté de s'en sortir en balbutiant de vagues explications. Mais l'arbitre n'était pas dupe. Il a appelé M. Fréchette sur la glace pour prendre la décision officielle. Lorsque le président de la ligue lui a demandé de revenir avec ses parents et son certificat de naissance, Soutière a tout avoué.

— D'accord, j'étais sur la liste d'attente de la ligue, a-t-il admis d'un air penaud. Mais c'était il y a deux ans, quand j'étais en septième année. Je suppose que quelqu'un a oublié de rayer mon nom. Alors, quand vous m'avez appelé, je me suis dit : « Pourquoi pas? » C'était juste pour rigoler! Puis on a commencé à gagner et...

Il s'est interrompu.

— Qui d'autre est au courant? a demandé M. Fréchette.

— L'entraîneur ne sait rien, s'est empressé de dire Stéphane. Je crois que quelques joueurs se doutent de quelque chose, mais ils ne m'ont jamais posé la question. C'était juste une blague.

— Cette blague, comme tu dis, pourrait te faire exclure à jamais de tous les sports de Bellerive, jeune homme! a fulminé le président de la ligue.

Les Flammes m'ont hissé sur leurs épaules pour un tour triomphal de la patinoire. Les spectateurs m'ont fait une ovation, probablement à cause de mes sept buts. Mais ce n'était pas une question de buts. C'était une question de justice. Stéphane Soutière allait enfin subir le sort qu'il méritait.

Seule une boule magique aurait pu rendre ce moment plus parfait. Les Flammes avaient gagné. Soutière était renvoyé. Rien ne manquait. Rien, sauf...

— Attendez donc, a dit Jonathan. Où est Jean-Philippe?

De mon perchoir sur les épaules de mes coéquipiers, j'ai scruté l'aréna. J'ai finalement aperçu notre ailier dans les gradins, parmi les derniers spectateurs. Il était à genoux, blanc comme un drap, les joues couvertes de larmes.

J'ai plissé les yeux. Ses gants de hockey tenaient quelques fragments verts.

Wendell.

IIIII _Chapitre 19_

Le projet des bébés œufs a officiellement pris fin le lundi matin. Avant de quitter la classe de français, nous devions remettre nos journaux de bord et nos bébés œufs à Mme Spiro pour qu'elle les évalue.

Jean-Philippe lui a tendu les restes de Wendell dans un petit sac refermable. Il était si triste que j'avais peur qu'il se mette encore à pleurer.

— Je suis un mauvais parent, a-t-il dit d'une voix rauque. J'essayais juste de prendre soin de Wendell. Et regardez ce qui est arrivé!

Mme Spiro a mis son bras sur les épaules de Jean-Philippe.

— Ne t'en fais pas. C'est exactement le but de ce projet : vous faire prendre conscience de la responsabilité d'être parent. Tu as mieux fait de ce côté que tous les autres élèves de cette école. Je vais te donner un A+!

Eh bien, qui l'aurait cru? Après trois semaines pendant

lesquelles ces coquilles avaient été une question de vie ou de mort, Mme Spiro se calmait enfin! Jean-Philippe est sorti la tête haute, et les autres élèves l'ont suivi rapidement.

Pas moi.

— Attends un peu, Clarence.

Mme Spiro regardait Cocozilla comme si j'avais déposé une tarentule sur son bureau.

Je lui ai donc raconté toute l'histoire. Vous savez, le ciment miracle, le scellant pour asphalte, le polyuréthane. Elle voulait de la responsabilité parentale? Eh bien, j'en avais à revendre! Je m'étais montré tellement responsable en protégeant Cocozilla que même un lancer frappé de Stéphane Soutière à travers un panneau de plexiglas n'avait pas réussi à fêler mon œuf.

Mon enseignante était furieuse.

— Ça dépasse vraiment les bornes, même pour toi, Clarence! Prendre un bébé et le remplir de substances toxiques, puis le sceller de manière à l'empêcher de respirer...

— Les coquilles d'œuf ne respirent pas... ai-je tenté de lui dire.

Elle a continué de parler sans tenir compte de mon intervention.

— Faire une chose pareille, c'est presque... presque criminel! s'est-elle exclamée avec un regard horrifié. Je te donne un D-! Et tu peux remercier le ciel de ne pas avoir un F!

N'est-ce pas typique d'une enseignante? Elle n'avait

rien compris. J'avais pris une coquille fragile et l'avait rendue invincible! Et tout ce qui lui importait, c'est que c'était toxique!

Mais tant pis. Après tout, j'avais obtenu la note de passage. J'allais donc pouvoir continuer d'écrire pour la *Gazette*. Heureusement, car les Flammes de Mars s'apprêtaient à jouer dans les séries. Et Tamia Aubin, le journaliste, serait à leurs côtés pour chacune des étapes!

La dernière réunion de la saison a eu lieu dans la cour des Éthier. Le but de la rencontre n'avait rien à voir avec le hockey. C'était pour assister aux funérailles de Wendell. Jean-Philippe nous avait tous invités, y compris l'entraîneur et sa femme.

— Des funérailles pour une coquille d'œuf, a grogné Alexia quand nous nous sommes rassemblés autour du trou, dans le coin du potager de Mme Éthier. C'est sûrement la chose la plus ridicule à laquelle j'ai participé!

Cédric a désigné un minuscule bout de bois qui surgissait d'un petit monticule de terre, à côté du trou.

— Qu'est-ce que c'est?

— Le poisson rouge de Jean-Philippe, a chuchoté Jonathan. Wendy.

J'ai profité de la proximité des capitaines de l'équipe pour aborder le sujet qui me tracassait depuis le match contre les Matadors.

— Écoutez, je sais que j'ai marqué plein de buts, que j'ai été le joueur le plus utile à l'équipe, et tout ça... Mais je ne peux pas m'enrôler dans l'équipe à plein temps. Je suis trop occupé par mon travail de journaliste. Je suis désolé.

Cédric, Alexia et Jonathan m'ont regardé comme si j'avais un chou-fleur à la place de la tête.

— Ne t'inquiète pas pour ça, Tamia, m'a dit Alexia. Personne ne veut de toi dans l'équipe.

— Mais... ai-je balbutié, surpris qu'ils ne tentent même pas de me convaincre. J'ai marqué sept buts! J'ai établi un record! Je fais partie des annales du hockey!

— Ce genre de truc arrive parfois dans le sport, a gloussé Cédric. C'était un pur hasard, comme gagner à la loterie ou se faire frapper par la foudre. Tu ne pourrais jamais recommencer, même si tu essayais durant un million d'années!

— C'est super que tu le prennes comme ça, Tamia, a ajouté Jonathan. On avait peur que tu veuilles faire partie de l'équipe, et personne ne voulait te faire de peine.

Quel manque de reconnaissance! D'accord, je ne voulais pas jouer au hockey, mais ils auraient pu me supplier un petit peu! D'autant plus que c'était moi qui leur avais permis d'accéder aux éliminatoires.

— Ah bon, merci quand même, ai-je marmonné.

Jean-Philippe s'est levé.

— Bon, on est tous réunis ici pour dire au revoir à Wendell. Je sais qu'il n'était pas une vraie personne. Mais c'était un bon bébé œuf, et il va me manquer. Monsieur Blouin? a-t-il ajouté en se tournant vers Boum Boum.

L'entraîneur devait être dans la lune, car sa femme a dû

lui donner un coup de coude pour qu'il réagisse :

— Hein?

— Aimeriez-vous dire quelques mots? a demandé Jean-Philippe avec espoir. Vous savez, au nom de l'équipe?

— Oh, oui, bien sûr!

Ses yeux de mante religieuse ont tourné dans leurs orbites pendant qu'il cherchait un commentaire adéquat.

— Wendell était un bon cossin, a-t-il commencé. Son courage et sa gugusse étaient une véritable inspiration. Il va s'écouler beaucoup de truc avant qu'on revoie un autre coco comme lui.

— Observons une minute de silence pour réfléchir à ces paroles, a proposé Jean-Philippe.

Personnellement, je pense qu'il aurait fallu une année de silence pour déchiffrer ce que l'entraîneur venait de dire.

J'ai entendu quelques ricanements, mais dans l'ensemble, nous avons réussi à garder notre sérieux une minute. Toutefois, Carlos a dû se mordre la langue pour ne pas pouffer lorsque Alexia a chuchoté :

— Qu'il repose en pièces.

Jean-Philippe a déposé le sac de Wendell dans le trou, et nous avons ajouté une poignée de terre à tour de rôle.

Mme Blouin était la dernière. Soudain, son visage est devenu blême et elle a poussé une exclamation étouffée. Elle n'est pas vraiment tombée, mais elle a dû s'asseoir sur l'herbe, à côté du potager. Elle semblait très faible.

— Madame Blouin!

Inquiets, nous nous sommes rassemblés autour d'elle. Boum Boum était déjà à ses côtés.

Je pense que les joueurs se sentaient aussi coupables que moi. Nous étions là à nous préoccuper de bébés œufs, d'éliminatoires et d'équipe Cendrillon, alors que Mme Blouin était peut-être gravement malade! Nous étions vraiment égoïstes!

L'entraîneur l'a aidée à se relever.

— Est-ce que ça va? a demandé Alexia sans même songer à ajuster le volume.

— Je vais bien, s'est empressée de répondre Mme Blouin. J'étais juste un peu étourdie.

— Étourdie? a répété Carlos. Pour quelle raison? Est-ce que c'est grave?

— Qu'est-ce que vous avez, au juste? a insisté Jonathan.

Elle nous a regardés. Je parie que nous étions plus blêmes qu'elle, les yeux écarquillés d'effroi.

— Vous n'êtes pas au courant? a-t-elle demandé.

Nous l'avons regardée d'un air déconcerté.

Elle s'est tournée vers son mari.

— Boum Boum, tu ne leur as rien dit?

— Mais oui, a dit l'entraîneur en haussant les épaules. Ils savent que tu es machin-chouette.

Mme Blouin a levé les yeux au ciel.

— Tu ne pourrais pas parler français, pour une fois? Je ne suis pas machin-chouette! Je suis enceinte! Nous allons avoir un bébé!

— Un bébé? a répété Benoît.

— Nous allons être parents! s'est écrié Carlos.

— Plutôt des oncles, a rectifié Cédric. Et une tante, a-t-il ajouté en apercevant l'expression d'Alexia.

Nous étions enchantés. Le fait d'avoir accédé aux séries éliminatoires n'était rien à côté de cette grande nouvelle! Nous avons félicité l'entraîneur et serré Mme Blouin dans nos bras. Pas étonnant qu'elle ait raté la plupart de nos matchs! Sa pâleur, sa fatigue et ses vêtements amples s'expliquaient enfin! Tout ça, c'est normal quand on attend un bébé!

— C'est curieux ce que l'existence nous réserve, a dit Jean-Philippe d'une voix étranglée par l'émotion. Nous perdons une vie, et une autre arrive pour prendre sa place.

— Oh, tais-toi, a grogné Alexia. Wendell était une coquille d'œuf, pas un bébé. Et toi, a-t-elle ajouté à mon intention, éteins ce magnétophone. C'est quelque chose de privé. Ça n'a rien à voir avec ton histoire d'équipe Cendrillon.

— De quoi parles-tu? me suis-je écrié. Nous ne sommes plus une équipe Cendrillon. C'est trop enfantin! Avec les éliminatoires et l'arrivée de ce bébé, les Flammes de Mars sont maintenant l'équipe du destin!

Quelques mots sur l'auteur

Lorsqu'il avait 11 ans, Gordon Korman a joué dans une équipe de hockey qui comptait, parmi ses joueurs, un véritable « Stéphane Soutière ». « Nous étions les derniers au classement quand il est arrivé. En l'espace de deux mois, il est devenu le meilleur marqueur de la ligue et nous nous sommes hissés au sommet du classement. Puis les gens ont commencé à se demander si ce nouveau joueur était trop bon pour être honnête... »

Gordon Korman est l'un des auteurs canadiens préférés des jeunes. Il a plus de 50 ouvrages à son actif, dont quelques collections (Collège MacDonald, Sous la mer, Everest et Naufragés). Il vit à New York avec sa femme, qui est enseignante, et leurs trois enfants.